U0945156

潘富俊 著

海峡出版发行集团 THE STRAITS PUBLISHING & DISTRIBUTING GROUP | 福建科学技术出版社 FUJIAN SCIENCE & TECHNOLOGY PUBLISHING HOUSE
时代出版传媒股份有限公司
安徽美术出版社

图书在版编目（CIP）数据

唐诗里的植物探秘之旅 / 潘富俊著. —福州：福建科学技术出版社, 2024. 5

ISBN 978-7-5335-7244-0

Ⅰ.①唐… Ⅱ.①潘… Ⅲ.①唐诗－诗歌欣赏②植物学－普及读物 Ⅳ.①I207.227.42②Q94-49

中国国家版本馆CIP数据核字（2024）第065680号

出 版 人　郭　武
责任编辑　李国渊
装帧设计　刘　丽
责任校对　蔡雪梅　王　钦

唐诗里的植物探秘之旅

著　　者　潘富俊
出版发行　福建科学技术出版社
　　　　　安徽美术出版社
社　　址　福州市东水路76号（邮编350001）
网　　址　www.fjstp.com
经　　销　福建新华发行（集团）有限责任公司
印　　刷　福州德安彩色印刷有限公司
开　　本　890毫米×1240毫米　1/32
印　　张　6
字　　数　120千字
版　　次　2024年5月第1版
印　　次　2024年5月第1次印刷
书　　号　ISBN 978-7-5335-7244-0
定　　价　33.00元

自序

唐代可说是诗歌的黄金时代，其文学以诗为代表。唐诗产量多、境界高、技巧纯熟，对后代文学的影响很大，直到现代人们还在引述相关名句，如杜甫的“但见新人笑，那闻旧人哭”（《佳人》）；白居易的“千呼万唤始出来，犹抱琵琶半遮面”（《琵琶行》）；王维的“空山不见人，但闻人语响”（《鹿柴》）；王之涣的“欲穷千里目，更上一层楼”（《登鹳雀楼》）；李商隐的“心有灵犀一点通”（《无题》）等。

唐代著名诗人在诗文中引述的植物也很多，如王维的《王摩诘全集》，诗总数四百七十九首，引述植物一百零二种；杜甫的《杜少陵集》，诗一千四百四十八首，引述植物一百六十六种；刘禹锡的《刘宾客文集》，诗八百一十九首，引述植物一百二十八种；白居易的《白氏长庆集》，诗

二千八百七十三首，引述植物二百零八种等。成名诗人的诗集所提到的植物多在百种以上，其中白居易是唐代诗人中，引用植物种数最多者。这表示古代文人不但认识植物，而且了解植物。吟咏唐诗，或欣赏各代诗文，不能不认识植物。

本书选取的植物大部分是身边就能看到的常见植物，如合欢、枫、荔枝、刺桐、榕、木棉等极具特色树木花卉，以及水果、蔬菜等，很多都是大家耳熟能详，也几乎是处处可见的植物，一些甚至在校园、公园及街道边都有栽种。

导读

唐代在历史上是文风鼎盛的时期，其文学以诗为代表。根据清代康熙四十四年（1705年）由查嗣瑮等人奉敕编校的《御定全唐诗》，收录有二千三百多位诗人创作的九百卷唐诗。唐代诗作量大、内容丰富，是文学作品绚烂的时代。后来，从《全唐诗逸》《补全唐诗》《补全唐诗拾遗》《全唐诗补逸》《全唐诗续补遗》等书中，又增补四千多首唐诗。据不完全统计，目前传世的唐诗有五万四千余首，其中约二万三千首引述了植物。

唐诗中有很多典故与比喻，只要勤于阅读，翻阅相关典籍，诗中的涵义、典故便可迎刃而解。而诗中比喻则多取材于生活经验及常识，不容易靠阅读解决，尤其是唐诗常用植物作为“喻依”的情形比比皆是，把不容易形容或表达的话，借植物或其他事物来比喻。因此，要确切地洞悉唐诗的涵义，必须认识诗中植物的种类、形态和所代表的意义。

据笔者多年来的研究统计，在《全唐诗》中，出现的植物共有三百九十八种之多，其中提到次数最多的为柳树，出现在三千四百六十三首诗中；其次为竹，出现在三千三百二十四首诗中；第三为松类，出现三千零一十八首；第四到第十分别为荷、桃、苔、桂、兰、梅、菊。

唐诗中出现的植物，有承袭《诗经》《楚辞》引述的种类；有唐代以前文献未出现，分布于黄河流域和长江流域的原生植物；有汉代才引进中国的植物，如石榴、葡萄等；有唐代经贸易或其他人类活动从外国引种的植物，如美人蕉（红蕉）、茉莉等；还有唐代版图向南扩充后，才出现在南岭以南的热带及亚热带植物，此类南方的“新”植物，包括榕树、刺桐、木棉、橄榄、桄榔、芋等。

本书在每篇的“开篇诗”，会先引述一首与该篇介绍植物相关的唐诗；短诗全文引用，如果诗句太长则节选含有该植物的诗句。“历史文化”介绍该植物在这首诗中扮演的角色及其重要性，简述诗的背景、植物含义及相关历史文化典故。“典故延伸”则进一步欣赏其他引述该植物的名诗或成语典故；接着，描述植物的形态特征、分布地区，并搭配精美的手绘插图。植物描述部分则以“名片”的形式呈现，包括植物的现代名称、又名及学名，还有植物的生态、用途及栽种情形等。

目录

01

合欢

合昏尚知时，鸳鸯不独宿。
但见新人笑，那闻旧人哭。

——唐·杜甫《佳人》节录

历史文化

这是杜甫非常著名的一首诗，诗中的“但见新人笑，那闻旧人哭”流行了近两千年，成为文学中常用的对句。诗文的第一句有“合昏”一词，其实就是今日的合欢。合欢又名合昏、夜合，因其羽状复叶的小叶在傍晚或阴天时会闭合，相对的小叶黏合般靠紧，好像相互拥抱而得名。诗中常用合欢、鸳鸯，形容情人间的亲密关系。

晋代崔豹所著的《古今注》，其内容解释和考证古代各项名物制度，包含音乐、动物、植物等名称，记载：“合欢……树之阶庭，使人不忿。”说合欢能“去嫌合好”，种在庭院内可以消除怨恨和愤怒，所以古人常以合欢赠送他人。

合欢花在古代的诗歌和绘画中经常出现，象征爱情。合欢农历六月开始开花，属于夏季的花卉。白居易《闺妇》中的“斜凭绣床愁不动，红绡带缓绿鬟低。辽阳春尽无消息，夜合花前日又西”，其中的“夜合花”即合欢花，诗人用夏天落日前的合欢花表达“久盼夫君归来”的怨妇心情。唐代诗人王建《赠离曲》中的“合欢叶堕梧桐秋，鸳鸯背飞水分流”，直接称合欢，这里却用来象征离情。

典故延伸

- 樱桃落砌颗，夜合隔帘花。

——唐·白居易《春尽劝客酒》

- 更怜当暑见，留咏日偏长。

——唐·元稹《夜合》

这两首诗中的“夜合”都是合欢，描述的都是初夏的景色。

- 艳艳剪红英，团团削翠茎……中有合欢蕊，池枯难遽呈。

——唐·元稹《遣兴十首》

合欢花瓣的形状和色彩都不显著，但雄蕊数多而细长，下部白色、上部粉红色，整朵花的形状像一个挂在马颈下的红缨，因此也有绒花树、马缨花等称呼。“艳艳剪红英”讲的就是合欢粉红色丝状的雄蕊。

- 惆怅彩云飞，碧落知何许。不见合欢花，空倚相思树。

——清·纳兰性德《生查子·惆怅彩云飞》

满怀离愁的诗人，借由诗句表达对逝去妻子的思念之情。天上飘忽的云彩不知飞逝何处？漫天彩霞也转瞬不见了踪影……象征爱情的合欢花已凋谢不复得见，只剩我孤零零地守在相思树旁，道出无尽的孤独与凄凉……

- 五张机。芳心密与巧心期。合欢树上枝连理。双头花下，两同心处，一对化生儿。

——宋·无名氏《九张机·其五》

“机”是古代织布的一种工具。“张”则指织布时一开一阖的动作，在这里形容古代女子一边织布一边哼唱心中对情人的心意时，手底下的织布动作。

特征

我是落叶中小乔木，高可达 15 米，生长迅速。我的羽状复叶有 8~14 对羽片，叶轴上常有细柔毛，基部及上部羽片各具 1 个杯状腺体；小叶 20~50 枚，呈长椭圆形或线状长镰刀形，长 0.6~1.5 厘米，宽 0.15~0.25 厘米，夜间闭合。

我的头状花序丛集于小枝顶端，直立而显著，开淡红色或粉红色花；花丝长 2~2.5 厘米，呈粉红色，于夜幕前开放。

我的荚果呈带状长椭圆形，扁平且先端锐尖，长约 5 厘米，内含 8~12 粒种子。

住在哪里？

我是分布广泛的树种，在中亚至东亚，以及非洲各地均可看见我的身影，通常分布在海拔 600~1800 米的山谷中。

合欢

Albizia julibrissin Durazz.

又名：夜合合、合昏、拂线、绒花树、马缨花等

环境

- 喜温暖湿润和阳光充足的环境，对气候和土壤的适应性强，宜在排水良好、肥沃的土壤中生长，但也耐瘠薄土壤和干旱气候。
- 耐轻度盐碱，对二氧化硫、氯化氢等有害气体有较强的抗性，但不耐水涝。

用途

- 初夏开花，花期较长，是非常优良的行道树和园林绿化树；也可用作风景区造景树、滨水绿化树、工厂绿化树和生态保护树等。
- 木材结构较细，可用于制造家具，但易开裂，需经过适当的加工处理。

02 枫

远上寒山石径斜，白云生处有人家。
停车坐爱枫林晚，霜叶红于二月花。

——唐·杜牧《山行》

历史文化

本诗大意：沿着斜坡蜿蜒而上的小路，在白云出现的山区居然还有人家；停下车来，坐着欣赏心中深深喜爱的深秋枫林晚景，此时的枫叶看起来好似被秋霜染过，比二月的春花还红艳。该诗的背景为湖南岳麓山，因此诗中的“霜叶”应该是被秋霜染红的枫香树叶。

除了枫香树，槭树的叶子在秋天时也会转红，两者很相似，但叶子形状有明显的不同。历代诗人喜欢利用红叶（枫香树、槭树等的叶子）表达秋意或伤秋之情，如韩偓《秋郊闲望有感》中的“枫叶微红近有霜，碧云秋色满吴乡”；杜甫《寄柏学士林居》中的“赤叶枫林百舌鸣，黄泥野岸天鸡舞”；杜牧《山行》中的“停车坐爱枫林晚，霜叶红于二月花”，这些诗中都用变红的“枫叶”描述秋景。杜甫还在《秋兴八首·其一》中写道“玉露凋伤枫树林，巫山巫峡气萧森”，用枫树隐含自己的伤秋之情。

凄凉的秋天，常使诗人与离别的愁绪联系在一起，而代表秋意的“枫红”自然被用来表示离情。唐诗之中，也常以枫树作为饯别的象征，最具体的实例为陈陶的《溢城赠别》，诗中的“楚岸青枫树，长随送远心。九江春水阔，三峡暮云深”，以岸边的枫树象征离情。

天气越冷，枫叶越红，这正好和荻花的白相对应。白居易以此成就了被评为以文字传达最高音乐技巧的极品之作《琵琶行》，诗中有“浔阳江头夜送客，枫叶荻花秋瑟瑟”的秋诵，通过描写环境来烘托送别朋友的离愁。此外，李适《送友人向恬州》中的“青枫既愁人，白苹亦靡靡”，也以青枫等植物表达送别之意。以枫叶表示离情的还有许浑《三十六湾》中的“缥缈临风思美人，荻花枫叶带离声。夜深吹笛移船去，三十六湾秋月明”，以及孟浩然《送王昌龄之岭南》中的“洞庭去远近，枫叶早惊秋”等。在中国南方的中低海拔地区，秋季气温仍较高，枫叶不易转红。当寒流来袭时，气温急遽下降，叶绿素尚来不及转变成叶红素，离层酸已使树叶掉落。所以，这些地方在平地处不容易见到枫红的景象，反而常见遍地枯黄或黄褐色的落叶。虽然古诗中的枫叶包括枫香树、槭树等的叶子，但这里主要介绍枫香树。

典故延伸

- 月落乌啼霜满天，江枫渔火对愁眠。姑苏城外寒山寺，夜半钟声到客船。

——唐·张继《枫桥夜泊》

一个深秋夜晚，诗人夜宿于停泊在苏州城外枫桥岸边的船上。月亮已西沉，伴着江枫村渔港的灯火，诗人忧愁难眠，此时寒山寺传来悠远且平稳的钟声。

- 小枫一夜偷天酒，却倩孤松掩醉容。

——宋·杨万里《秋山二首·其一》

小枫树是不是昨晚偷了天上的仙酒来喝？竟恳请孤松来掩饰自己的醉容。人喝醉了，脸会变红，诗人在这里将秋天枫叶变红的自然现象，比喻成枫树偷喝了酒，才导致“满脸通红”。

- 为爱江西物物佳，作诗尝向北人夸。青林霜日换枫叶，白水秋风吹稻花。

——宋·欧阳修《寄题沙溪宝锡院》

欧阳修热爱家乡，时常向人夸耀，尤其是秋天的山林景致，如被秋霜染红的枫叶、洁白清澈的潺潺溪水，以及弯了腰的金黄稻穗。

特征

我是大乔木，树形呈圆锥形，高可达 30 米；树皮又糙又厚，纵向深裂，常有树脂；叶互生或丛生于

枝端，呈心形或阔卵状三角形，薄革质，边缘有锯齿；叶柄长 10 厘米左右。

我的花单性，雌雄同株，无花被；雄花排成穗状，再形成总状，花药呈红色；雌花排成头状花序，每个花序有 22~43 朵花，直径约 1.5 厘米；花柱二分叉，柱头常卷曲，呈紫红色。

我的蒴果集生成圆球状，密生星芒状刺；种子呈多角形，或有窄翅。

住在哪里？

我的观赏性很强，在秦岭及淮河以南各省能见到我的身影。此外，在老挝、越南北部，以及朝鲜半岛南部也能看到我。

老树皮

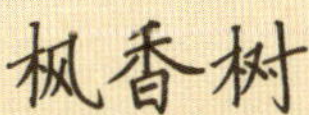

枫香树

Liquidambar formosana Hance

又名：山枫香树、路路通等

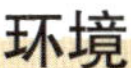

环境

- 阳性树种，喜好阳光。
- 深根性树种，喜生于湿润、肥沃的酸性至中性壤土中，在黏重黄泥土或沙质砾土中也能生长。

用途

- 树形挺直优雅，为优美的园艺树、行道树和盆景。
- 树干受伤后流出的树脂称“枫香”或“枫香脂”，可作为制作口香糖的原料；叶可饲养天蚕蛾幼虫。
- 木材耐朽力强，可作为建筑材料、小型家具用材或栽培香菇的段木。
- 干燥树脂可入药，始载于《新修本草》，具活血止痛、止血、生肌、凉血、解毒等功效。

03

茱萸

独在异乡为异客，每逢佳节倍思亲。
遥知兄弟登高处，遍插茱萸少一人。

——唐·王维《九月九日忆山东兄弟》

历史文化

本诗大意：独自远离家乡在外作客，无法与家人团聚，所以每到佳节，便更加倍地思念远方的亲人；又是重阳节日了，想到远处的兄弟们，此时身上都佩戴茱萸登上高处，家人中只少了我一人。

诗中除了描述重阳节佩戴茱萸以“避邪”的习俗外，还表达了对远方兄弟深沉的思念。这里说的“茱萸”通常指“食茱萸”，即“椿叶花椒”，其叶片具有强烈的香气，因此古人认为其有“避邪”之用。从汉朝开始，人们在农历九月九日重阳节，用绛囊盛食茱萸系于臂上，登山饮菊花酒。古代一部综合性农学著作《齐民要术》中说：“悬挂茱萸在屋内，鬼就不敢进入。”

食茱萸古称“榝”。《楚辞》中食茱萸是香木，如“椒专佞以慢慆兮，榝又欲充夫佩帏”中的“榝”为食茱萸。“榝又欲充夫佩帏”表面文意是说将食茱萸放入佩饰的香袋中，其实是在暗讽“昔日之贤才，如今却以追求官禄、拍上级马屁为重，不能恪守原有志节。”

唐诗中，也常用茱萸表达相思之意，如武元衡《秋灯对雨寄史近崔积》中的“空庭绿草结离念，细雨黄花赠所思。蟋蟀已惊良节度，茱萸偏忆故人期”，此处茱萸有离别相思的含意。另外，杜甫《九日蓝田崔氏庄》中的“明年此会知谁健，醉把茱萸仔细看”，也表达了相思之意。

食茱萸全株香气浓郁，古人取其嫩芽及果实当作香料，以消除一些食物的腥臭味。食茱萸的幼叶常呈紫红色，故又名“红刺楤”或“紫萸”，其嫩心叶或幼苗时期的幼嫩部分也可作为菜肴。食茱萸除了可作为香料，也有杀菌、消毒的功效。在古代，食茱萸也是重要的药材，可以用其嫩叶汁治感冒和疟疾。因为食茱萸有这些功效，一些地方的人常将其果实腌制成果品，以备不时之需或用以送礼。

《本草纲目》中有关食茱萸的记载：“味辛而苦，土人八月采，捣滤取汁，入石灰搅成，名曰‘艾油’，亦曰‘辣米油’。味辛辣，入食物中用。”

典故延伸

- 茱萸自有芳，不若桂与兰。新人虽可爱，无若故所欢。

——三国·曹植《浮萍篇》

饱经煎熬迫害的曹植，通过在诗中并论陈述茱萸与桂、兰等秋天芬芳植物，寄托自己的忧思。

- 重阳陶令节，单阏贾生年。秋色苍梧外，衰颜紫菊前。登高知地尽，引满觉天旋。去岁京城雨，茱萸对惠连。

——宋·唐庚《九日怀舍弟》

- 可恨相逢能几日，不知重会是何年。茱萸仔细更重看。

——宋·苏轼《浣溪沙·重九旧韵》

“可叹这一次的相逢欢聚能有几天呢？这一回离别之后，又要等到何时才能够重逢？届时，我们再一起赏玩茱萸、对酒当歌吧！”表达了诗人对友人依依不舍的深情、遗憾，以及对于能早日再相见的期待。

- 兰委佩，菊堪餐。人情时事半悲欢。但将酩酊酬佳节，更把茱萸仔细看。

——宋·黄庭坚《鹧鸪天》

一路被贬谪打压的诗人，在重阳节日这天独酌，回忆与老友的往日欢聚，身边的茱萸更勾起他无限的思念。

特征

我是落叶乔木，高可达 15 米，全株具有特殊香味；树干上常有短硬瘤刺，幼枝上密被锐尖刺。

我的羽状复叶有 9~27 片小叶，呈椭圆形至长椭圆形，长 7~12 厘米，宽 2~4 厘米，边缘有浅钝锯齿，叶片上布满透明油点，叶背呈灰绿色或有灰白色粉霜。

我伞房状圆锥花序顶生，花小且单性，几乎无花梗，呈淡绿色。我的果实成熟后呈淡红褐色，顶端有短喙，直径约 0.45 厘米；种子呈棕黑色，有光泽。

住在哪里？

我主要生长在浙江、福建、江西、湖南、广东、广西、四川、贵州、台湾及香港等地，通常分布在山麓至海拔1600米左右的山区森林中。

树干上常有短硬瘤刺

椿叶花椒

Zanthoxylum ailanthoides Siebold & Zucc.

又名：食茱萸、刺椒、满天星、鼓钉树等

环境

- 生于山坡疏林内或旷地上，以及山麓溪流附近较为潮湿的地方，喜肥厚的土壤。

用途

- 在明代之前，食茱萸是食物中广泛使用的调味品，被用于除去猪、牛、羊肉中的腥膻味；明末清初引进辣椒后，古典川菜中的食茱萸就让位给了辣椒。
- 嫩心叶或幼苗时期的幼嫩部分可食用。
- 木材可制小器具。

04 荔枝

长安回望绣成堆，山顶千门次第开。
一骑红尘妃子笑，无人知是荔枝来。

——唐·杜牧《过华清宫三绝·其一》

历史文化

杨贵妃喜欢吃荔枝，但荔枝不容易保鲜；为了保存荔枝的色香味，都是快骑专车日夜兼程，将荔枝从广东等地运送到西安。杜牧的《过华清宫三绝·其一》，说的是唐明皇为博得杨贵妃欢心，不惜劳师动众，千里送荔枝的故事。杜甫《病橘》中的“忆昔南海使，奔腾献荔枝，百马死山谷，到今耆旧悲”指出，从岭南把荔枝送到长安，跑死许多马。

荔枝一旦离开了树枝，未经妥善保存有“一日色变，二日香变，三日味变，四日色香味尽去”的特点。在古籍中，荔枝最初被称作“离枝”，意思就是“荔枝‘离枝’后不易保存”。汉代司马相如《上林赋》中有“隐夫薁棣，答沓离支”，此“离支”（离枝）就是荔枝。

安禄山之乱，唐明皇一行逃难期间，荔枝专车仍跟着跑，送到马嵬坡。张佑的《马嵬坡》记载：“旌旗不整耐君何，南去人稀北去多。尘土已残香粉艳，荔枝犹到马嵬坡。”可见，当时荔枝被不断运入长安，甚至杨贵妃丧命马嵬坡以后，荔枝依然准时送达。《杨贵妃外传》也谈到杨贵妃在马嵬坡被赐死，恰好广州进贡的荔枝到，玄宗用此荔枝祭奠贵妃。

荔枝常见于文学作品之中。宋时，岭南两广一带为蛮荒之地，罪臣多被流放至此。苏东坡被贬到广东后才吃到荔枝，吃过以后非常喜爱，写了一首《惠州一绝》：“罗浮山下四时春，卢橘杨梅次第新。日啖荔枝三百颗，不辞长作岭南人。”诗题中的“惠州”在今广州市附近，全诗的意思是“罗浮山下四季都是春天，每天都有新鲜的枇杷和杨梅，如果每天都能吃到三百颗荔枝，我愿意一辈子都做岭南人。”

典故延伸

- 红颗珍珠诚可爱，白头太守亦何痴；十年结子知谁在？自向庭中种荔枝。

——唐·白居易《种荔枝》

一颗颗珍珠般的艳红荔枝太可爱了，但种下的荔枝树要等十年才开花结果；十年后，能在此享用荔枝的又换成了何人？诗人表示自己太爱荔枝，即使吃不到亲手种下的荔枝，还是心甘情愿种树。

- 荔枝新熟鸡冠色，烧酒初开琥珀香。欲摘一枝倾一盏，西楼无客共谁尝。

——唐·白居易《荔枝楼对酒》

夏日刚成熟的荔枝，色泽好似红艳艳的鸡冠，刚开封的烧酒散发出阵阵琥珀香气。折一满枝荔枝，温上一盏好酒，只可惜此处没能有一同品尝赏味的人。

- 五岭麦秋残，荔子初丹。绛纱囊里水晶丸。可惜天教生处远，不近长安。

——宋·欧阳修《浪淘沙·五岭麦秋残》

五岭地区正是麦子成熟的收获季节。荔枝初熟，穿上鲜艳多皱褶的红衣，衣内包裹着莹白水晶般的果肉。可惜，老天让它的生长地点远离长安……

欧阳修借由写荔枝，引出对于唐明皇劳师动众、千里送荔枝的感慨。

特征

我是常绿乔木，高可达 10 米；树皮呈灰黑色；小枝呈褐红色，密生白色皮孔。我的羽状复叶连叶柄长 10~25 厘米，有 2~4 对小叶；叶片呈披针形至卵状披针形，长 6~15 厘米，宽 2~4 厘米，先端渐尖，正面呈深绿色且有光泽，背面呈粉绿色。

我在春季开绿白色或淡黄色小花，花丝长约 4 厘米；子房密覆小瘤体和硬毛。

我的核果呈球形或卵形，长 2~3.5 厘米，果皮呈暗红色至鲜红色，有小瘤状突起；种子外被白色肉质假种皮，易与核分离。

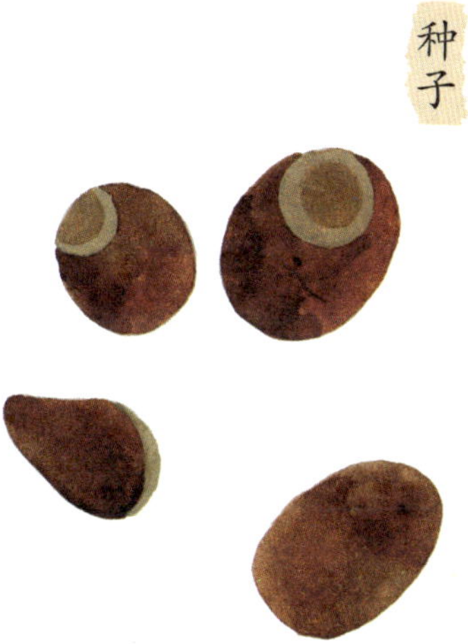

种子

核果

住在哪里？

我分布在中国的西南部、南部和东南部，以广东、广西、福建、四川、云南、海南、台湾等地栽培最多，大约是北纬 18°~28° 地区。

此外，东南亚大部分国家，如越南、泰国等也有种植，也被引至美国、澳大利亚、印度、南非、马达加斯加、以色列和墨西哥等地。

植株

荔枝

Litchi chinensis Sonn.

又名：离枝等

环境

- 对土壤的要求不高，从砂土至黏土皆可适应，但以土层深厚及排水良好的土壤为宜。
- 酸性土壤有利于荔枝根瘤菌的发育。

用途

- 木质坚实、纹理雅致、耐腐，历来为上等木材。
- 医药上可用来止呃逆、止腹泻，同时有补脑健身、开胃益脾、促进食欲等功效。

05

刺桐

山乡只有输蕉户，水镇应多养鸭栏。
地僻寻常来客少，刺桐花发共谁看。

——唐·张籍《送汀州源使君》节录

历史文化

张籍在《送汀州源使君》中提到“汀州”。汀州属于今日的福建省管辖，地处武夷山脉南端，南与广东省近邻，西与江西省接壤，为闽、粤、赣三省的古道枢纽和边陲要冲。即使在唐代，汀州也是偏僻的地方，来访客人极少。诗句指出，如此偏远的地方，刺桐花开得再多，花色再美艳也无济于事，没有多少人欣赏。

刺桐是典型的热带及亚热带植物，唐代时被广植于岭南地区。古代的岭南地区包括福建的汀州和泉州。泉州位于福建南部，五代时节度使刘从效在泉州城周围及巷陌中遍植刺桐。当时泉州城就以刺桐花闻名全国，因此被称为“刺桐城”。

唐诗中也有欣然享用南国风光的篇章，如王毂《刺桐花》中的“南国清和烟雨辰，刺桐夹道花开新。林梢簇簇红霞烂，暑天别觉生精神”。初夏早晨，岭南地区的南国清晨清凉和暖，烟雾袅绕，路旁的刺桐花竞相开放。刺桐树梢的簇簇鲜花宛若红霞，暑天观红花，使人精神抖擞。到了宋代，来泉州当郡守的王十朋有诗记述“初见枝头万绿浓，忽惊火伞欲烧空。花先花后年俱熟，莫道时人不爱红”，描述的就是花开满树、火红欲燃的刺桐。

《全唐诗》共十八首诗引述了刺桐。当中原的官员来到南方，看到开满火红花的刺桐树，印象都很深刻，如李郢的友人离开长安，要前往岭南时，李郢曾写下一首《送人之岭南》：“回望长安五千里，刺桐花下莫淹留。”劝说在远离京都五千里的边荒之地，不要在刺桐树下停留。南方虽然风景秀丽，繁花处处，朱庆余在《南岭路》中却说：“越岭向南风景异，人人传说到京城。经冬来往不踏雪，尽在刺桐花下行。”南北风景相异，逐客过去与今日的心情不同，情境自然凄凉、孤寂。

典故延伸

- 花径里、一番风雨，一番狼籍。红粉暗随流水去，园林渐觉清阴密。算年年、落尽刺桐花，寒无力。

——宋·辛弃疾《满江红·暮春》

词人借着上阕“花丛中的小径，风雨后，飘落了一地凌乱的刺桐红花，任由流水静静地带走了……”写江南暮春景色，再由此带出红颜难久、年华虚度的缠绵伤春之情。

- 老鸦衔肉纸飞灰，万里家山安在哉！苍耳林中太白过，鹿门山下德公回。管宁投老终归去，王式当年本不来。记取城南上巳日，木棉花落刺桐开。
——宋·苏轼《海南人不作寒食，而以上巳上冢，予携一瓢酒，寻诸生，皆出矣。独老符秀才在，因与饮，至醉，符盖儋人之安贫守敬者也》。

仕途跌落谷底的苏轼被贬至海南，在上巳节这日见人们都扫墓祭祖去了，引起万里思乡之情。他接连引用了四位前人的典故，解释自己此刻的处境。

特征

我是大乔木，高可达 20 米，冠幅可达 10 米。我的树皮呈灰色，有凹凸纹路，具圆锥形皮刺；幼枝上有黑色的小刺，但刺很容易脱落。

我的三出复叶互生，膜质，小叶呈菱形或菱状卵形；叶柄长，有托叶，基部各有一对腺体。我先花后叶，早春时枝端会抽出总状花序；花常密生，沿着花轴作倾斜状排列，有橙红、紫红等花色。我的荚果呈念珠状，长 15~30 厘米。

我的名字源自枝干具瘤状锐刺，由于开出如火焰般的蝶形花，花形如鸡冠，因此又名“鸡公树”。

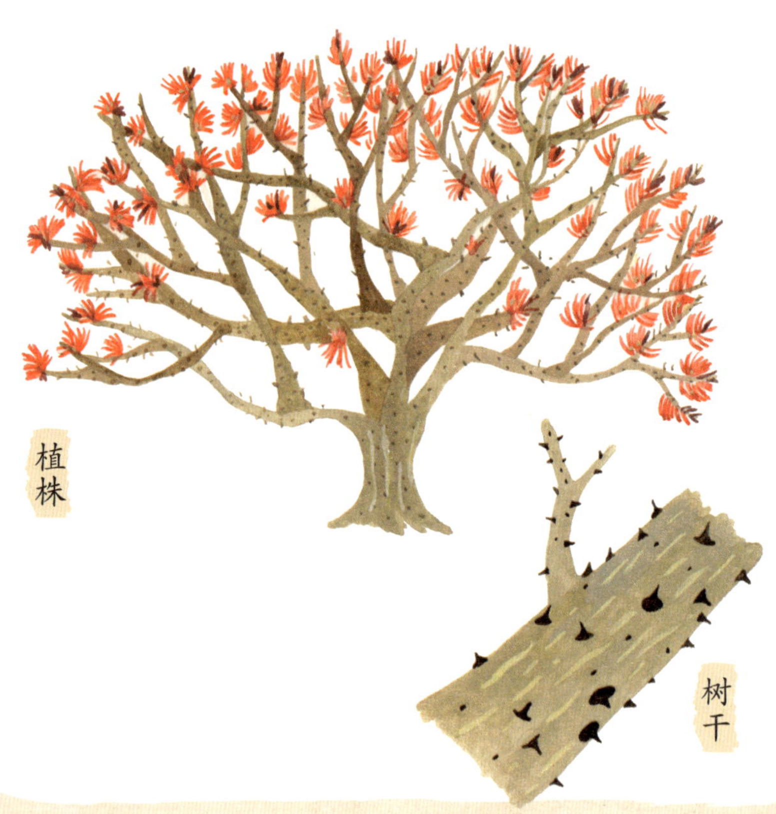

住在哪里？

我原产于印度至大洋洲的海岸林中。在中国，主要分布在华南沿海地区，如台湾、福建、广东、广西等省区，常见于近海溪边，或被栽植在公园里。

刺桐

Erythrina variegata L.

又名：海桐、山芙蓉、空桐树等

环境

- 适合生长于气候温暖、光照强、湿润的环境中，耐旱也耐湿，但不耐寒。
- 对土壤要求不高，宜在肥沃、排水良好的砂壤土中生长，忌潮湿的黏质土壤。

用途

- 春天开花，艳红似火；夏天发芽，新叶初生；秋天茂盛，绿意盎然；冬天休眠，叶落枝枯，所以有“四季树”之名，可供公园、绿地及风景区美化，也可作为公路及街道的行道树。
- 木材呈白色且质地轻软，可制造木屐或玩具。
- 树皮和根皮均可入药，有祛风除湿、舒筋通络等功效。

06
榕

宦情羁思共凄凄，春半如秋意转迷。
山城过雨百花尽，榕叶满庭莺乱啼。

——唐·柳宗元《柳州榕叶落尽偶题》

历史文化

诗人被贬谪到古时荒僻的广西柳州，官场失意和寄居他乡的忧思一齐涌上心头。即使此刻是阳春二月的景象，却好像到了寒凉的秋日一样，身居独立庭院，心中却是凄黯迷惘、百感交集。山城的雨后，百花凋零，莺啼本来是美妙悦耳的声音，但诗人心情沮丧，见榕树叶落满的庭院，居然是嘈杂的“满庭莺乱啼”，而心中有如“海畔尖山似剑铓，秋来处处割愁肠”。

清代屈大均所著《广东新语》记载：“榕，容也。常为大厦以容人，能庇风雨。又以材无所可用，为斤斧所容，故曰榕。”说榕树庞大，常受人所崇敬爱护。就如同《庄子》里所说的“以不材得终天年”的树木一样，榕树会长这么大，是因为木材脆弱松软，不适合做家具及建材，也不容易燃烧，几乎没有什么用途。榕树正因没什么利用价值，所以不会遭到砍伐，才能保存下来。

榕树不耐寒，仅分布于热带及亚热带地区。唐代诗文所引述的榕树，背景都在南方，尤其是岭南地区。宋代以后的诗词也是一样，如宋代杨万里《过真阳峡六首》中的“榕树阴中一苇横，鹧鸪声里数峰青。南人到此亦肠断，不是南人作么生”，诗题中的“真阳峡”在广东；明代汪广洋《岭南杂录三十首》中的“榕树阴阴集莫鸦，竹深人静似仙家。芭蕉小苑垂双实，茉莉南州压万花”，写的也是岭南地区的事物。

《全唐诗》中共五首诗引述了榕树，都是以华南地区为诗篇背景。如许浑《岁暮自广江至新兴往复中题峡山寺四首·其三》中的“松盖环清韵，榕根架绿荫”，提到一树成林的榕树景观，诗中的“峡山寺”在今广东省清远市；苏芸《岭南诗句》中的“郭里多榕树，街中足使君”，也是描述她在岭南地区看到榕树的情景。另外两首引述榕树的诗为元结在闽中所作，也是当时偏远地区的诗作。如今，榕树更是闽都（福州）的市树。

典故延伸

- 榕树梢头访古台，下看碧海一琼杯。越王歌舞春风处，今日春风独自来。

——宋·杨万里《三月晦日游越王台·其一》

前两句诗描写古迹遗址越王台的景色，诗人用“站在榕树的树梢头”比喻“越王台的高度”。而从高台往下看，大海就好似一只玉杯，更显出高台的位置之高。后两句，诗人抒发了物是人非的感慨。

- 荒凉海南北，佛舍如鸡栖。忽行榕林中，跨空飞栱枅。当门冽碧井，洗我两足泥。高堂磨新砖，洞户分角圭。

——宋·苏轼《自雷适廉宿于兴廉村净行院·其一》

诗人遭贬谪后终于遇赦，得以北归。虽行程中遇海上风大浪高，诗人不得已入住净行院，但心情基本上是愉悦的。诗中描写了暂住的环境，也叙述诗人入住后的概况，处处流露出随遇而安的心态。

叶

特征

我属于常绿大乔木，高可达 25 米，树冠呈伞形，常扩展得很大；全株具乳汁，干多分枝，常有悬垂的气生根；气生根深入土中会发育成支持根，形成一树成林的景象。

我的叶片长 7~12 厘米，宽 4~6 厘米，呈倒卵形或椭圆形。

植株

我的雄花、雌花及虫瘿花生长于同一花托内。我的果实为隐花果，最初呈绿色且被白点，后转为粉红色，成熟时则呈黑紫色，直径 0.5~1.2 厘米。

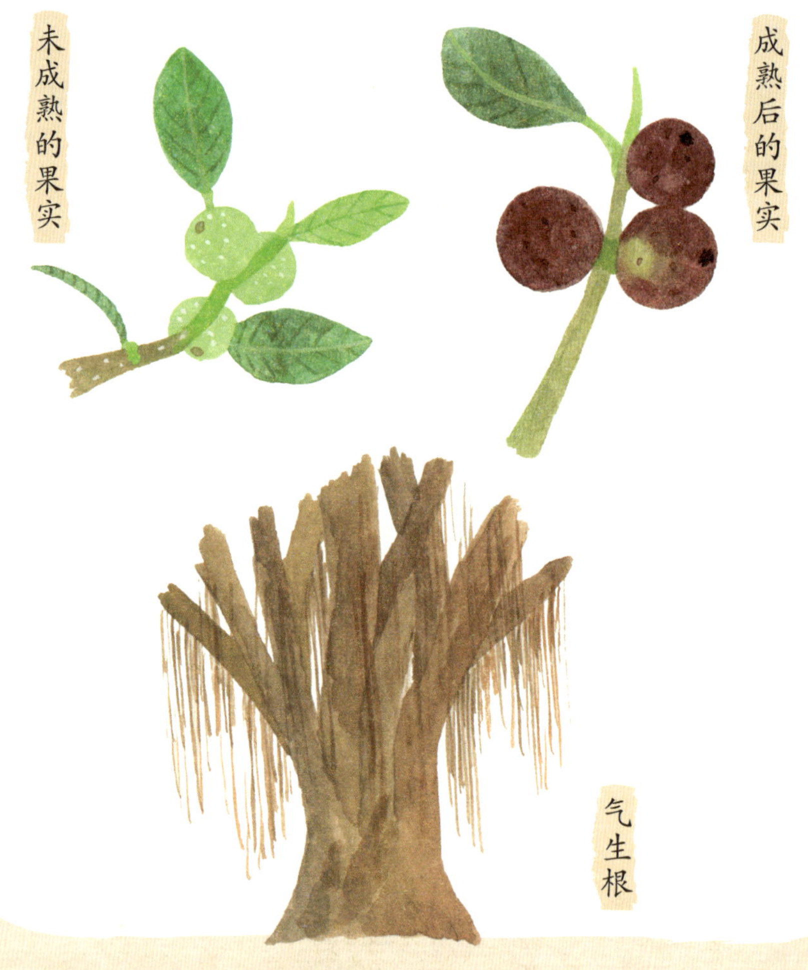

住在哪里？

我是热带植物区系中较大的木本植物，有板根、支柱根、干生花等多种热带雨林植物的重要特征；通常生长在海拔 1900 米以下的地区，多见于常绿阔叶林中。

全世界已知约 1000 种榕属植物，榕树只是其中的一种，主要分布在中国的广西、浙江、广东及沿海岛屿、湖北、云南、福建、贵州、台湾等地，以及印度、斯里兰卡、太平洋群岛、日本、巴布亚新几内亚和澳大利亚北部等热带及亚热带地区。

榕树

Ficus microcarpa L. f.

又名：细叶榕、赤榕、红榕、万年青等

环境

- 对土壤的要求不高，但喜疏松肥沃的酸性土，在瘠薄的沙质土中也能生长，在碱土中叶片会黄化。
- 不耐旱，较耐潮湿，在潮湿的空气中能长出较大的气生根。
- 喜阳光充足、温暖湿润的气候，不耐寒。

用途

- 具观赏价值，常用于庭植造景或作行道树。
- 有黄金榕、乳斑榕等园艺品种，常被植成绿篱，修剪配植于庭园内，或栽成盆景。
- 从树冠上垂挂下来的气生根，能为园林环境创造出热带雨林般的自然景观。

07

木棉

蜀魂寂寞有伴未，几夜瘴花开木棉。
桂宫留影光难取，嫣熏兰破轻轻语。

——唐·李商隐《燕台四首·夏》节录

历史文化

李商隐这首诗的写作背景是岭南地区，即今广东粤中地区，是唐代时偏僻遥远的蛮荒之地。美艳的木棉花在诗人眼中居然成了瘴厉之花，可看出其被贬谪流放后的心情是沮丧与绝望的。

木棉花大而美、树姿巍峨，是一种在热带及亚热带地区生长的落叶大乔木，自古以来在华南地区被广泛栽植为庭园观赏树、行道树。历代引述木棉的诗文，其背景也都在南方。宋代时，被贬谪到海南的苏轼，写下了《海南人不作寒食而以上巳上冢予携一瓢酒寻诸》：“记取城南上巳日，木棉花落刺桐开。”宋代的刘克庄则有《潮惠道中》，诗：“几树半天红似染，居人云是木棉花。”诗题中的“潮”是“潮州”，“惠”是“惠来”，都在广东境内。古代广州木棉种植甚广，其中以南海神庙前的十余棵最为古老。清代的屈大均也有歌颂木棉的《南海神祠古木棉花歌》：“十丈珊瑚是木棉，花开红比朝霞鲜。”

《全唐诗》共五首诗引述了木棉，背景全在华南地区——其中有两首说的是岭南，即今广东粤中地区。第一首是李商隐的《李卫公德裕》，诗：“今日致身歌舞池，木棉花暖鹧鸪飞。”该诗写李德裕被贬谪至荒凉之地的悲惨、愁苦生活，此两句笔锋一转，描写所处之地火红绮艳的美丽景色。虽然春暖木棉花开，但与原来在京城中的境遇，不可同日而语，与现况两相对映，更衬出诗人心境的凄凉悲伤。另一首是章碣的《送谢进士还闽》，诗：“却拥木棉吟丽句，便攀龙眼醉香醪。”该诗的背景在福建。

典故延伸

- 春深绝不见妍华，极目黄茅际白沙。几树半天红似染，居人云是木绵花。

  ——南宋·刘克庄《潮惠道中》

  这里的“木绵”即为“木棉”。

- 姚黄魏紫向谁赊，郁李樱桃也没些。却是南中春色别，满城都是木棉花。

  ——宋·杨万里《二月一日雨寒》

  木棉花绽放，一片璀璨红火、热闹绚丽的壮观美景。

特征

我是落叶大乔木，高可达 25 米；树干直，基部密生瘤刺，幼树的树干通常有圆锥状的粗刺，老时会脱落。

我的掌状复叶互生，多丛集于枝条的先端，叶片呈长圆形至长圆状披针形，长 10~16 厘米，宽 3.5~5.5 厘米。

初春时，我的花先于叶开放，单生于枝顶，直径约 10 厘米，通常呈红色，有时呈橙红色。

我的蒴果呈长圆形，长 10~15 厘米，内壁有白色长绵毛，内含众多倒卵形种子。

我在四季会展现不同的风情：春天一树橙红；夏天绿叶成荫；秋天枝叶萧瑟；冬天秃枝寒树。

住在哪里？

我的原产地为印度、斯里兰卡、中南半岛、马来西亚、印度尼西亚及菲律宾。在中国的云南、四川、贵州、广东、广西、江西、福建等亚热带地区也广泛种植。

木棉

Bombax ceiba L.

又名：攀枝花、红棉、英雄树、斑芝树等

环境

- 属热带树种，喜高温高湿的气候，较不耐寒。
- 对土壤的要求不高，沙质土或黏重土均宜，喜酸性土，较耐干旱，也稍耐潮湿。

用途

- 树姿优美，花大且艳丽，极富观赏价值，常被栽植于庭院供观赏，也可作为行道树。
- 果实内的棉毛不适合编织，仅可作棉被及枕垫的填充材料。

08 栀子

山石荦确行径微，黄昏到寺蝙蝠飞。
升堂坐阶新雨足，芭蕉叶大栀子肥。
僧言古壁佛画好，以火来照所见稀。
铺床拂席置羹饭，疏粝亦足饱我饥。

——唐·韩愈《山石》节录

历史文化

这是描写山景的诗，其中“升堂坐阶新雨足，芭蕉叶大栀子肥”，说的是韩愈走到山寺，坐在台阶上欣赏雨后的景色，看到芭蕉的大叶子和花开茂密的栀子，说明古人已将栀子引入庭院栽植。

栀子花白色，香味浓郁，枝叶繁茂，四季常绿，自古以来就是重要的庭院观赏植物。“栀子”的名称由来得自栀子果实的形状。古代的酒杯称作“卮”，而栀子果实呈两端尖锐的椭圆形，像古时酒杯，所以被称为“卮子”；后来在“卮”字旁加了部首“木”，才演变成如今的“栀子”。栀子果实含被称为“藏红花素”的黄色素，因可作黄色染料而得名“黄栀”，为古老的天然染料及食品着色剂，亦可入药，自古就被视为重要的经济作物。栀子果实通常有六棱，但偶尔也会出现七至九棱的。古人认为，入药的栀子果实以七至九棱者为佳。

唐诗中还有许多引述栀子的篇章，如王建《雨过山村》中的“雨里鸡鸣一两家，竹溪村路板桥斜。妇姑相唤浴蚕去，闲看中庭栀子花”，通过诗人对农村景物的文字素描，可知庭院中种有栀子花；而刘禹锡《咏栀子花》中的“蜀国花已尽，越桃今又开。色疑琼树倚，香似玉京来”，其中的“越桃”也是栀子。

典故延伸

- 栀子比众木，人间诚未多。于身色有用，与道气伤和。红取风霜实，青看雨露柯。无情移得汝，贵在映江波。

——唐·杜甫《栀子》

某年的夏日，心情寂寞的诗圣来到江边，触景生情；自比为无论在实际功用、观赏价值，到高洁气质都是极品的栀子。透出孤芳自赏之意的诗圣，慨叹自身命运颠沛坎坷，抒发沉痛悲情，但也如同饱经风霜的栀子一般，仍愿意奉献累累的果实、提供可赏的青翠和芬芳。

- 树恰人来短，花将雪样看。孤姿妍外净，幽馥暑中寒。有朵篸瓶子，无风忽鼻端。如何山谷老，只为赋山矾。

——宋·杨万里《栀子花》

因著名诗人黄庭坚（号山谷）只作了赞赏“山矾”的诗，却没为栀子写诗作词，诗人以谐趣笔调，为栀子抱不平。

特征

我是常绿灌木，高 0.5~3 米。

植株

我的叶对生或三枚轮生，呈椭圆形至倒卵状长圆形，深绿色，长 3~25 厘米，宽 1.5~8 厘米，先端尖。我是典型的香花植物，花期一般在春末至夏初。我的花常单生于枝端或叶腋，花香清雅，初开时呈白色，花谢时渐转为乳黄色。

我的果实俗称“山栀子”，呈黄红色的卵状至长椭圆状，长 1.5~7 厘米，具 5~9 条翅状纵棱，顶端有宿存花萼；种子很多，嵌生于肉质胎座上。

住在哪里？

我常见于江西、江苏、安徽、浙江、福建、湖北、湖南、广东、广西、海南、四川、贵州、云南和台湾等地。

此外，在日本、朝鲜、越南、老挝、柬埔寨、印度、尼泊尔、巴基斯坦，以及太平洋岛屿和美洲北部也能看见我。

果实顶端的宿存花萼

果实（山栀子）

栀子

Gardenia jasminoides J. Ellis

又名：黄栀子、野栀子、山栀子、小叶栀子等

环境

- 喜温暖湿润的气候，不耐寒。
- 为酸性土壤的指示植物，在微酸性至中性的夹沙泥或黄泥土中生长较好。
- 过于干旱及涝渍的地方均不宜生长。

用途

- 花朵芳香，耐修剪整枝，是理想的庭院香花植物；也适合种作为绿篱，或修剪成盆栽。
- 花冠白色，具芳香，可作为茶香料。
- 花、果实、叶和根均可入药，具有护肝、利胆、降压、镇静等功效。

09 茶

门前冷落车马稀，老大嫁作商人妇。
商人重利轻别离，前月浮梁买茶去。

——唐·白居易《琵琶行》节录

历史文化

本诗大意：家门前的车马很少，来访的人也稀稀落落；青春年华已过，我只好嫁给商人为妻。商人只重视在商场上赚钱，根本不重情意，常常轻易别离；上个月他去浮梁做茶叶的生意，留下我在江口孤守空船。诗中描述琵琶女高超的弹奏技艺和她不幸的经历，揭露社会上官僚腐败、民生凋敝等悲惨现象。白居易借此诗表达对琵琶女的深切同情，抒发自己无辜被贬的愤懑之情。从诗中的“商人浮梁买茶去”可知，茶叶已是当时的重要商品。

中国是茶文化发源地，是世界上最早利用茶叶的国家，大概从开始有农业时就已经发现并使用茶叶。但是，茶刚开始并不是用来作饮料，而是当作药材。大约西汉时期，中国人才把茶叶当成饮料使用及栽培。到了魏晋南北朝，出现有关茶的文学作品。唐代时，茶开始在中国兴盛，饮茶的风气已经盛行，贵族、平民都爱喝茶，出现茶馆、茶宴、茶会等场所，提倡客来敬茶。

陆羽奉皇帝诏撰写了《茶经》，《茶经》的出版进一步推动了饮茶风气。茶叶从唐代开始传到外国，最早传播到日本。公元八百年左右，日本僧人从中国带茶到日本的滋贺县栽植，至此饮茶的习惯便慢慢深入日本人的生活之中，如今也已发展出当地特有的“茶道”文化。清顺治年间，茶传至英国，直到十八世纪欧洲人才普遍将茶为饮料。目前，茶、咖啡和可可被称为世界三大饮料植物。

唐诗中出现很多咏茶的诗篇，如刘禹锡的《试茶歌》和韦应物的《喜图中生茶》等都是其中的代表作。唐代诸多诗人也都是嗜茶者，如顾况《过山农家》中的“板桥人渡泉声，茅檐日午鸡鸣。莫嗔焙茶烟暗，却喜晒谷天晴”，描绘的是江南山乡焙茶场景；张蠙《夏日题老将林亭》中的“井放辘轳闲浸酒，笼开鹦鹉报煎茶”，则记录了煎茶、喝茶的过程。

典故延伸

- 春未老，风细柳斜斜。试上超然台上看，半壕春水一城花。烟雨暗千家。寒食后，酒醒却咨嗟。休对故人思故国，且将新火试新茶。诗酒趁年华。

——宋·苏轼《望江南·超然台作》

寒食节过后就是返乡扫墓的清明节，但思乡的词人有家归不得、壮志难酬。登高台，赏烟雨蒙蒙春景，勾起词人满腔无奈与感叹。善于自我排遣的豁达词人，心念一转，写下“休对故人思故国，且将新火试新茶。诗酒趁年华。”

- 九日山僧院，东篱菊也黄。俗人多泛酒，谁解助茶香。

——唐·皎然《九日与陆处士羽饮茶》

在九月九日重阳节这天，唐代著名的诗僧与茶圣陆羽以茶代酒，一起赏菊、品茶、作诗。

成语延伸

- 粗茶淡饭

出自宋代黄庭坚的《四休居士诗并序》，话说当时自号为“四休居士”的太医孙昉，替士大夫看病给药，多不收谢礼。黄庭坚问孙昉，何谓“四休”？孙昉笑着回答：“麤茶淡饭饱即休，补破遮寒暖即休，三平二满过即休，不贪不妒老即休。”其中的“麤”即“粗”。黄庭坚因而大大肯定孙昉“少欲”“知足”的生活态度，意指简单、清淡的饮食。

- 茶余饭后

  通常指悠闲无事的状态。

特征

我是常绿灌木或小乔木，高 1~6 米；叶互生，呈椭圆状披针形至倒卵状被针形，长 5~10 厘米，宽 2~4 厘米，叶缘有细锯齿。

我的白色花朵，直径 2.5~3 厘米，通常有 5 片花瓣，有时 7~8 片呈阔卵形至圆形，覆瓦状排列。

我的蒴果呈球形，直径 1.1~1.5 厘米，有 1~3 瓣，每瓣有 1~2 个近球形的种子。

住在哪里？

我原产于长江以南各省的山区，在长江流域以及华南地区盛行栽培，也被引至日本、印度及中南半岛等地区。

中国主要产茶区有长江中下游南部的“江南茶区”；华南各省的“华南茶区”；西南部各省的“西南茶区”；南起长江，北至黄河流域的“江北茶区”。

茶

Camellia sinensis (L.) Kuntze.

又名：茗、大树茶等

环境

- 北纬 40° 至南纬 30° 的地区均可栽培，生长最适宜的平均温度为 18~25℃。
- 喜湿润，适合在年降雨量 1800~3000 毫米，相对湿度在 75%~80% 的环境中生长。
- 茶园土壤首需排水良好、表土深、土质疏松，以富含腐殖质及矿物质的砂石壤土或砂质黏土为宜。

用途

- 茶叶作为饮品，含有多种有益成分，既有保健功效，也有药理作用。
- 茶有止渴、提神、消食、利尿、明目益思、消炎解毒等功效，这在《药书》《华佗食论》《茶谱》等中都有记载。

10 紫薇

丝纶阁下文书静，钟鼓楼中刻漏长。
独坐黄昏谁是伴，紫薇花对紫薇郎。

——唐·白居易《紫薇花》

历史文化

除植物名称外，“紫薇”还有另外三种意义：一为星座名，在北斗之北，为天帝的住所；二为皇帝所在的都城；三为官名，称紫薇省，即中书省，因唐代中书省多植紫薇。白居易诗中的“紫薇郎”指自己，是紫微侍郎的简称，即中书侍郎，五品官员；是中书省的长官，副中书令，帮助中书令管理中书省的事务。诗中指出，诗人没有什么需要处理的公务，只有看看花木，听听刻漏声，打发着空虚无聊的时光，等待着下班回家时间的到来。诗人隐约表达对自己所从事工作的失望，以及对当时政治的不满。

紫薇树不高，树姿优美、树干苍润、古雅珍奇、花色艳丽，为著名的木本观赏花卉。在都市中，紫薇树被广泛用于公园绿化、庭院绿化、道路绿化等，非常适宜作为庭院观赏树和街道绿化树，可栽植在建筑物前、院落内、池畔、河边、草坪旁及小径两旁，有时也可作为盆景。

紫薇在古人的心目中代表尊贵，在中国已经有上千年的栽培史，唐代时就盛植于长安都城之中。在白居易这首诗中，诗人无聊地看着屋外花色美丽的花卉，就是紫薇花。紫薇花于农历四月开始开花，开谢接续，花期可延续到九月，开花时正当夏秋少花季节，由于花期甚长，寿命长，故被人们称为“百日红”。

紫薇依花色，可区分为四类：花白色者，称为白薇；红色者，称为红薇；紫色者，称为紫薇；花紫带蓝者，称为翠薇。白居易《南亭对酒送春》中的“含桃实已落，红薇花尚熏”，说的是红薇；张籍《奉和舍人叔直省时思琴》中的“蔼蔼紫薇直，秋意深无穷”，说的是紫薇；杜牧《紫薇花》中的“晓迎秋露一枝新，不占园中最上春”，说明紫薇在夏秋季节开花；宋代杨万里的《咏紫薇》中的“谁道花无红百日，紫薇长放半年花”，则记述了紫薇花期有时可长达半年。

典故延伸

- 紫薇花对紫薇翁，名目虽同貌不同。独占芳菲当夏景，不将颜色托春风。浔阳官舍双高树，兴善僧庭一大丛。何似苏州安置处，花堂栏下月明中。

——唐·白居易《紫薇花》

白居易曾写过三首与紫薇相关的诗，并在诗中分别自称为“紫微郎”和“紫薇翁”。与开头的这首《紫薇花》不同，写另两首时诗人还是年轻气盛的“紫微郎”。到了这首《紫薇花》，诗人经历了仕途被贬、不得志，成了年华老大的“紫薇翁”。然而，诗人借由紫薇花描述自己，表示不会随波逐流在春天与百花争艳，而是秉持自己的原则在夏天绽放。

- 亭亭紫薇花，向我如有意。高烟晚溟蒙，清露晨点缀。岂无阳春月，所得时节异。静女不争宠，幽姿如自喜。将期谁顾盼，独伴我憔悴。而我不强饮，繁英行亦坠。相看两寂寞，孤咏聊自慰。

——宋·欧阳修《聚星堂前紫薇花》

诗人赞誉紫薇花美丽的外形及与众不同的品格，又慨叹美丽的花朵即将凋落，是一首借紫薇抒发自身命运的抒情诗。

特征

我属于落叶灌木或小乔木，高可达 7 米；树皮平滑，枝干多扭曲，小枝纤细，略呈四棱形；叶互生，有时对生，呈椭圆形至倒卵形，长 3~7 厘米，宽 2~4 厘米，先端钝，有时微凹。

我的顶生圆锥花序有 6 片花瓣，有玫瑰红色、大红色、深粉红色、淡红色、紫色或白色等多种颜色。

我的蒴果呈椭圆球形，长 1~1.3 厘米，幼时呈绿色至黄色，成熟时或干燥时呈紫黑色，胞背开裂；种子有翅，长约 0.8 厘米。

住在哪里？

我原产于印度，广植于亚洲热带地区。在中国，华南、华中、华东、华北、西南、东北各地均有生长或栽培。

紫薇

Lagerstroemia indica L.

又名：痒痒花、紫金花、百日红、无皮树等

环境

- 喜阳光充足、温暖湿润的环境，略耐阴；尤其喜生于肥沃湿润的砂质土壤中，也能耐干旱，抗寒；在钙质土或酸性土中也能良好地生长；忌种在地下水位高的低湿地方。
- 具有较强的抗污染能力，对二氧化硫、氟化氢及氯气的抗性较强。

用途

- 木材坚硬、耐腐，可作农具、家具、建筑等材料。

11 木槿

木槿花开畏日长，时摇轻扇倚绳床。
初晴草蔓缘新笋，频雨苔衣染旧墙。

——唐·钱起《避暑纳凉》节录

历史文化

木槿在农历五月（初夏）开始开花，炎暑盛夏大开，故《礼记·月令》中有“仲夏木槿荣”之说。仲夏是夏季的第二个月，木槿花盛开，钱起在《避暑纳凉》中说的就是这个季节。另外，木槿早上开花，下午花就凋谢了，所以又称“朝开暮落花”；诗中的“木槿花开畏日长”指出，木槿开花撑不到白天结束。

木槿是一种古今都很常见的灌木花种，为知名的绿篱植物，也是常见的庭院树。木槿花甚为美丽，花瓣有粉红、玫瑰红、蓝、白等多种颜色。因早上开花，傍晚即凋落，古书称木槿“仅荣一瞬”，即木槿开花只一瞬间，故又名“舜”。“舜”是“瞬”的古字，指其花期极为短暂，即《诗经》所说的“颜如舜华，颜如舜英”之“舜”。“舜华”就是木槿花，描写女孩的容貌和木槿花一样美丽。

木槿品种很多，有白花重瓣木槿、紫红重瓣木槿、牡丹木槿、琉璃重瓣木槿、斑叶木槿、粉花垂枝木槿及大叶木槿等，可孤植、丛植，也常栽植成绿篱。木槿不仅可供观赏，其嫩叶也可作蔬菜或代茶，但木槿叶茶喝多了，容易使人犯困。

因木槿只在早上开花，所以王维在《积雨辋川庄作》中写道“山中习静观朝槿，松下清斋折露葵”，指出在山中只能静观“朝槿”；李商隐《槿花》中的“风露凄凄秋景繁，可怜荣落在朝昏。未央宫里三千女，但保红颜莫保恩”，用木槿的早凋特性形容为未央宫的宫女青春易逝。木槿花虽然寿命极短，但是花期甚长，从夏初可开到秋末。白居易《别元九后咏所怀》中的“零落桐叶雨，萧条槿花风。悠悠早秋意，生此幽闲中”，指出早秋仍旧看到木槿花。

典故延伸

- 君子芳桂性，春荣冬更繁。小人槿花心，朝在夕不存。

——唐·孟郊《审交》

诗人感叹世道人心的重利轻义，在诗句中流露出选择朋友的重要性；借木槿花“朝开暮落”的特性，用“芳桂”比喻君子情长、不因利变节，而用“槿花心”比喻小人见利忘义、感情易变。

- 稻穗堆场谷满车，家家鸡犬更桑麻。漫栽木槿成篱落，已得清阴又得花。

——宋·杨万里《田家乐》

前两句写农家丰收景象，打谷场上堆满了稻穗，车上装满了稻谷，家家户户畜养了鸡犬，还种了当时重要的经济作物——桑麻。后两句接着写农家乐的景致，栽种的木槿已围成了篱笆，既能享受清凉树荫，又能欣赏美丽的花朵。

特征

我属于落叶灌木，高可达 4 米，小枝密被褐色星状毛；叶呈卵状三角形至菱形，长 5~10 厘米，宽 2~4 厘米，先端钝，基部呈楔形；叶缘呈不整齐齿状；叶表被星状毛。

我的花单生于枝端叶腋间，有纯白、淡粉红、淡紫、紫红等颜色，直径 5~6 厘米，呈倒卵形，有时为重瓣。

我的蒴果呈卵圆形，直径约 1.2 厘米，密被星状毛；种子呈三角状卵形或略为肾形而扁，灰褐色。

植株

蒴果

花

住在哪里？

我主要分布在河北、河南、陕西、山东，以及华中、华南及西南各地。现在世界各地均有栽培，通常作为绿篱或栽成庭院树，供观赏用。

木槿

Hibiscus syriacus L.

又名：朝开暮落花、喇叭花、木锦、鸡肉花等

环境

- 对环境的适应性很强，耐干旱，对土壤的要求不高，喜温暖潮湿。
- 耐寒，南北各地都有栽培。
- 耐修剪，很容易发出新芽。

用途

- 为夏、秋两季的重要观花灌木，南方多作花篱、绿篱，北方多作庭园点缀及室内盆栽。
- 对二氧化硫与氯化物等有害气体具有很强的抗性，同时还具有很强的滞尘功能，是重要的绿化树种。
- 嫩叶可食用。

12 薜荔

泉壑带茅茨，云霞生薜帷。
竹怜新雨后，山爱夕阳时。

——唐·钱起《谷口书斋寄杨补阙》节录

历史文化

钱起这首《谷口书斋寄杨补阙》的大意：沟壑山泉围绕着这座茅屋书斋，云霞映衬着墙头的薜荔像五彩幔帷；雨后的竹姿样态清新叫人怜爱，夕阳照着山头的景色，更显出谷口的可爱。诗题的“谷口”在今陕西泾阳县西北，“补阙”则是向皇帝进行规谏的官名。

薜荔的枝叶四季都不会凋谢，幼年枝及非结果枝的叶小而薄，为纸质，呈心状卵形，基部歪斜；老枝及结果枝的叶则大而厚，为革质，呈椭圆形。薜荔枝叶蔓状丛生，自古以来多种在屋垣、墙角或石阶，作为绿化植物，如唐朝时的诗人顾况所言“薜荔作禅庵，重迭庵边树”，薜荔蔓爬在僧人修行禅定时所居住的禅房或佛寺墙上。如今薜荔也被栽植于岩坡、水泥墙垣上，任其蔓延攀爬，以增加自然情趣，并软化硬体铺面。

薜荔通常攀爬树木、垣墙而生。古代的百科全书《尔雅翼》说薜荔“生于石上，亦缘木生”，可攀爬覆盖在岩石上和树干上，有如织网（罔）。《楚辞》的《九歌·湘夫人》章有“罔薜荔兮为帷”，意思是说编织薜荔做成帷幕。《九歌·山鬼》则以“被薜荔兮带女罗”来形容想象中“山鬼”的装束，该句借用山鬼身披薜荔、腰系松萝来凸显山鬼飘忽无踪的特性。

自古以来，薜荔成为历代诗人吟诵的对象，如唐代胡曾的“萝荔雨余山似黛”，宋代梅尧臣的“春城百花发，薜荔上阴阶”等。《楚辞》及后世文人均视薜荔为香草。《红楼梦》出现薜荔的各回，也都有引喻香草的意义，如第十七回大观园中有香味的植物，贾政门客毫不犹豫地说是“薜荔藤萝”；第七十八回纪念晴雯的《芙蓉女儿诔》中有“雨荔秋垣，隔院希闻怨笛”，其中的“荔”即薜荔，也有象征晴雯忠贞之意。

典故延伸

- 城上高楼接大荒，海天愁思正茫茫。惊风乱飐芙蓉水，密雨斜侵薜荔墙。

——唐·柳宗元《登柳州城楼寄漳汀封连四州》

诗人登楼远眺，眼前辽阔而荒凉的异地风土，勾起被贬谪后的一片茫茫愁思，并用芙蓉与薜荔来表现惆怅之情。一阵急风狂乱地搅翻水中的芙蓉，雨细细密密地斜打在长满薜荔的墙上，全诗渗浸着对人事重重艰难的慨叹。

- 江上阴云锁梦魂，江边深夜舞刘琨。秋风万里芙蓉国，暮雨千家薜荔村。

——唐·谭用之《秋宿湘江遇雨》

这是一首向屈原致敬的诗。诗人因即将来临的暴风雨被阻困，只能夜宿江边。诗中“锁”字点出了诗人的无奈与郁闷，但他并未颓丧到底，用刘琨闻鸡起舞的典故，表明自己振作奋发的宏大抱负。放眼江两岸，满是一片广阔而随风摇曳的芙蓉和薜荔，壮丽的景色呼应了诗人的奋起之心。

特征

我属于常绿攀援或匍匐灌木，全株含白色乳汁；幼时茎细而匍匐，节上生气生根。

我的叶有两种形态，营养枝的叶小而薄，呈心状卵形，先端渐尖，长 1~2.5 厘米，叶柄很短，叶面无毛，背面被黄褐色柔毛；花果枝的叶呈卵状椭圆形，长 4~10 厘米，先端钝，全缘。

我的花序单生于叶腋，呈梨形至倒卵形；雄花和虫瘿花同生于一花序中，雌花生于另一花序。

我的瘦果呈倒卵形至近球形，成熟时为褐色；种子细小，具丝状小梗，呈棕褐色，表面具黏液。

住在哪里？

我广泛分布于华东、华南、西南等地，无论在山区、丘陵，还是在平原，只要是土壤湿润肥沃的地块都有不同程度的零星分布，常用不定根吸附在墙壁或其他树木的树干上。

生于垣墙的薜荔

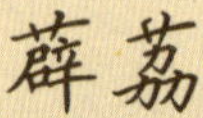

薜荔

Ficus pumila L.

又名：木莲、木馒头、冰粉子、广东王不留行等

环境

- 多攀附在其他树上或断墙残壁、古石桥、庭园围墙上等；攀附的树种以樟、柏、枫香、枫杨、木荷、苦槠、苦楝、乌桕等多见，皂荚、黄连木、杉、松等次之。

用途

- 薜荔的不定根发达，有较强的攀缘能力，可用于垂直绿化、护堤，既可保持水土，又有观赏价值。
- 植株成长快速且易于造型，可当成室内植物或用于组合盆栽。

13 杜鹃

蜀国曾闻子规鸟，宣城还见杜鹃花。
一叫一回肠一断，三春三月忆三巴。

——唐·李白《宣城见杜鹃花》

历史文化

唐诗中引述的杜鹃花和杜鹃鸟，大多和杜宇的传说有关。相传远古时，蜀国国王杜宇很爱他的百姓，禅位后隐居修道，死了以后化为子规鸟，人们称之为“杜鹃鸟”。每当春季，杜鹃鸟就飞来提醒百姓：“快快布谷！快快布谷！”嘴巴啼得流出了血，鲜血洒在地上，变成满山遍野的鲜红色杜鹃花。李白写这首《宣城见杜鹃花》的时候，已是迟暮之年，此时正流落江南，寄人篱下；看见杜鹃花，触景生情，怀念家乡，因此写出了这些诗句。

全世界的杜鹃花属植物大约有九百六十种，中国有五百七十余种，其中分布最广、最常见的是名为“映山红”的杜鹃花，又名山踯躅、山石榴、唐杜鹃、红踯躅、满山红等。杜鹃花的栽培至少已有一千多年的历史，但唐代之前的《诗经》《楚辞》《汉赋》《先秦魏晋南北朝诗》等中，均未摘录杜鹃花。

《全唐诗》中开始出现杜鹃花，表示那时杜鹃花已被移入庭院栽培。唐宋以来，赞誉杜鹃花的佳作甚多，唐诗共有四十四首引述了杜鹃花。

许多唐代著名诗人写下了赞美杜鹃花的诗句，如白居易《山石榴寄元九》：“山石榴，一名山踯躅，一名杜鹃花，杜鹃啼时花扑扑。九江三月杜鹃来，一声催得一枝开。”李绅的《杜鹃楼》：“杜鹃如火千房拆，丹槛低看晚景中。”这里描述的大都是开砖红色或血红色花的杜鹃花——映山红。雍陶《闻杜鹃》中的“高处已应闻滴血，山榴一夜几枝红”，其中“山榴”也是杜鹃别名，此杜鹃也和杜宇的传说有关。宋代以后的元诗、明诗、清诗等，也都有大量的咏杜鹃花的诗篇。

一个多世纪来，世界上已有园艺杜鹃花近万种，大多是由原种杜鹃经种间杂交或芽变，不断选育出来的。

典故延伸

- 蔷薇带刺攀应懒，菡萏生泥玩亦难。争及此花檐户下，任人采弄尽人看。

——唐·白居易《题山石榴花》

山石榴花，即杜鹃花。这是一首借花自喻的诗，被贬谪的诗人感叹："蔷薇呀，因为身上长满了刺，人们怕被刺伤而懒得摘采；而荷花呢，则生长于淤泥之中，不容易让人接近赏玩；至于长在一般人家屋檐下，平易近人的杜鹃花，却任人随意采摘玩弄。"

- 一朵又一朵，并开寒食时。谁家不禁火，总在此花枝。

——唐·曹松《寒食日题杜鹃花》

在家家禁火的寒食节里，诗人以"火"来比喻绽放满枝头的如火般绚烂的杜鹃花！字里行间透露出蓬勃生机，以示人们的殷切期盼。

特征

我属于落叶灌木，高可达 2 米；具有多数分枝，枝条细长；叶互生，叶形多变，有椭圆形、卵形、披针形、倒卵形等，表面有密度不一的毛茸。

我的花 2~6 朵丛生于茎顶，花冠呈漏斗形或阔钟形；果实为蒴果，种子极小，有时有翅。

住在哪里？

我广泛分布在秦岭、长江流域及台湾、香港等地，多见于山地疏灌丛或松林下。

植株

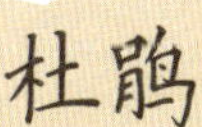

杜鹃

Rhododendron simsii Planch.

又名：唐杜鹃、山踯躅、映山红、山石榴等

环境

- 大多数杜鹃花喜欢酸性土壤，为典型的酸性土指示植物，在钙质土中生长得不好，甚至不生长。
- 喜凉爽、湿润、通风的半阴环境，既怕酷热又怕严寒，生长适温为12~25℃。

用途

- 为著名的花卉植物，花冠色彩鲜艳，具有很高的观赏价值。
- 有的叶、花可入药或提取芳香油，有的花可食用，树皮和叶可提制烤胶，木材可做工艺品。

14 藜

积雨空林烟火迟，蒸藜炊黍饷东菑。
漠漠水田飞白鹭，阴阴夏木啭黄鹂。

——唐·王维《积雨辋川庄作》节录

历史文化

辋川是王维隐居的地方，在今陕西蓝田终南山中。本诗的大意是，连日雨后，林木稀疏的村落冉冉升起炊烟，煮好的野菜（藜）和粗饭以便送到村东给耕耘的人吃。广阔的水田上一群白鹭惊空飞过；茂密的树林中传来黄鹂婉转的啼声。诗中描写了视野所及的田家生活和村民的活动，也记述了山野自然景色，描绘了雪白的白鹭，金黄的黄鹂等。

在古代，“藜”的嫩叶及幼苗是一种重要的野菜，唐宋诗人犹歌咏之。王维的“蒸藜炊黍饷东菑”意为“蒸藜为菜、煮黍为饭，以便送去给田里劳作的人食用”，可证藜为古人常吃的蔬菜。藜经常和藿（豆叶）一起出现在古文诗句中，“藜藿之羹”指的就是古人用藜叶和豆叶做成的汤，为简单朴实的食物。

藜叶背面有灰色颗粒，植株呈灰绿色，因此又名“灰菜”或“灰条菜”。《救荒本草》记述：灰菜“生田野中，处处有之”，无论大江南北，还是平野山坡，只要是空隙的向阳地，特别是废耕不久的田地，常见大片的藜。由于藜不择土宜，到处可见，成为贫苦人家常进食的野菜。由于藜生长快速，经常形成大面积群落，有时也会入侵农地而被视为杂草。

藜在《诗经》中被称为“莱”。《小雅》篇中有“南山有台，北山有莱”，说的就是藜。在古代，藜常和米浆一起被制成羹，如晋朝陶渊明的“弊襟不掩肘，藜羹常乏斟”。陶潜是生活朴实的名士，穿的上衣破烂得可以露出手肘，连百姓常吃的粗菜藜羹也常会断炊，生活非常清苦。

典故延伸

- 自翦青莎织雨衣，南峰烟火是柴扉。莱妻早报蒸藜熟，童子遥迎种豆归。

  ——唐·许浑《村舍二首·其一》

- 野饭具藜藿，永日亦不饥。苟餐非其所，鲙炙为蒺藜。

  ——唐·姚合《过张邯郸庄》

- 毡芋凝酥敌少城，土薯割玉胜南京。合和二物归藜糁，新法侬家古董羹。

——宋·范成大《素羹》

- 山迳雪云低，荒芜略有蹊。逢人多说虎，隔坞忽闻鸡。寒剖蜂房户，晴分麦町畦。迩来神亦健，薄饭厌羹藜。

——宋·方岳《山墅·其二》

特征

我是一年生草本，高 30~150 厘米；茎有棱及紫红色条纹，多分枝。

我的叶互生，具长柄，呈卵形至披针形，长 3~6 厘米，宽 2.5~5 厘米，边缘具不规则的钝锯齿；叶背面覆有粉，呈灰绿色，有粉粒；黄绿色小花集生成腋生及顶生圆状花序，花小，黄绿色，呈宽卵形至椭圆形，背面具纵隆脊，有粉。

我的胞果外有宿存花被，果皮薄；种子横生，呈凸镜形，直径 0.1 厘米，黑色有光泽，表面具浅沟纹。

住在哪里？

我遍及全球温带及热带地区，常在荒废地及开阔地成片生长。

藜

Chenopodium album L.

又名：灰藋、灰条菜、莱等

环境

- 生长在田间、路边、荒地，或村舍附近有轻度盐碱的土地上。

用途

- 幼苗可饲牲畜，也可供食用。
- 全草可入药，为历史悠久的中药材，不仅能清热解毒、利湿杀虫，也能治疗腹泻痢疾、湿疮痒疹、毒虫咬伤。
- 果实成熟后可以磨成粉做饼蒸食，是理想的救荒植物。

15 大豆

圃旱忧葵堇，农旱忧禾菽。
人各有所私，我旱忧松竹。

——唐·白居易《喜雨》节录

历史文化

唐代诗人白居易的诗，题材广泛、形式多样、语言平易通俗。本首《喜雨》说的是，菜圃干旱的话，会忧心冬葵、堇菜长不好；若是农地干旱，则是忧愁小米、大豆枯萎。每个人都有其忧虑的对象，然而当我心田干旱时，忧虑的却是松和竹。

大豆原产于中国，约有五千年的人工栽培史，栽培地区甚广，从东北到西南、东南到西北都有野生大豆的分布和栽植，现已在世界各地广为栽培。古时称大豆为“菽”，与黍、稷、麦、稻在《周礼》中合称为“五谷”，是重要的经济作物，长期以来都是中国北方主要的粮食来源。“菽”原为古语豆类总称，有时专指大豆或黄豆，汉代以后才改称为“豆”。

大豆的品种类型繁多，依种皮颜色可分成黄豆、黑豆、青豆等；依栽植季节，又有春大豆、夏大豆、秋大豆、冬大豆之分。

古代肉用牲畜有限，古人除祭祀、宴客、节日之外，鲜少吃肉，平日餐食大抵以蔬菜为主。大豆营养价值高，可作为动物性蛋白质不足的补充，因此古人所需的蛋白质，主要来自大豆。中国发展出了世界上独一无二的大豆食品文化，如豆腐、豆腐乳、豆干、腐竹、豆浆、豆皮、酱油等，这些均以大豆为材料研制而成。大豆含油量高，是近代最优质的食用油原料，目前已成为世界主要的油料植物之一。

大豆的叶称为“藿”，茎称为“萁”，即曹植“煮豆燃豆萁”的“萁”。

《诗经》有七个篇章提到“菽”，如《豳风·七月》中的“七月享葵及菽”，说农历七月是收成冬葵和大豆（菽）的季节；《小雅·采菽》中的“采菽采菽，筐之筥之”，说收成的大豆用竹筐、竹篓装下来。

唐诗中引用大豆（菽）的也有多首，如杜甫《暮秋枉裴道州手札，率尔遣兴，寄近呈苏涣侍御》中的“乌雀苦肥秋粟菽，蛟龙欲蛰寒沙水”；皮日休《吴中苦雨因书一百韵寄鲁望》中的“恶阴潜过午，未及烹葵菽”。

典故延伸

- 桑竹垂余荫，菽稷随时艺；春蚕收长丝，秋熟靡王税。

——魏晋·陶渊明《桃花源诗》

桑、竹生长得多么浓密茂盛，五谷庄稼都随着节气种植；春天养的蚕也都结了茧可收取蚕丝，秋天丰收不必纳税。诗人在这首诗中，描述了桃花源这个乌托邦式的理想社会，其中的生活情景和谐有秩序、安宁且丰足。

成语延伸

- 煮豆燃萁

三国时期，魏文帝曹丕忌妒弟弟曹植的才能，于是找借口为难他，命令曹植必须在七步之内完成一首诗。曹植便作《七步诗》：“煮豆持作羹，漉菽以为汁。萁在釜底然，豆在釜中泣。本是同根生，相煎何太急。”后来，该诗用来比喻兄弟之间互相伤害，骨肉相残。

特征

我是一年生草本，高可达 90 厘米，茎直立，密生黄色长硬毛；叶互生，三出复叶，小叶呈卵形、广卵形或狭卵形，长 6~14 厘米，宽 4~8 厘米，先端钝或急尖，两面均被黄色长硬毛。

我的总状花序腋生，有 2~10 朵白色或紫色的花；花萼呈钟状，花冠呈蝶形。

我的荚果呈长方披针形，长 5~7 厘米，宽约 1 厘米，先端有微凸尖，密被黄色长硬毛；种子 2~5 颗，呈卵圆形或近于球形，种皮呈黄色、绿色或黑色。

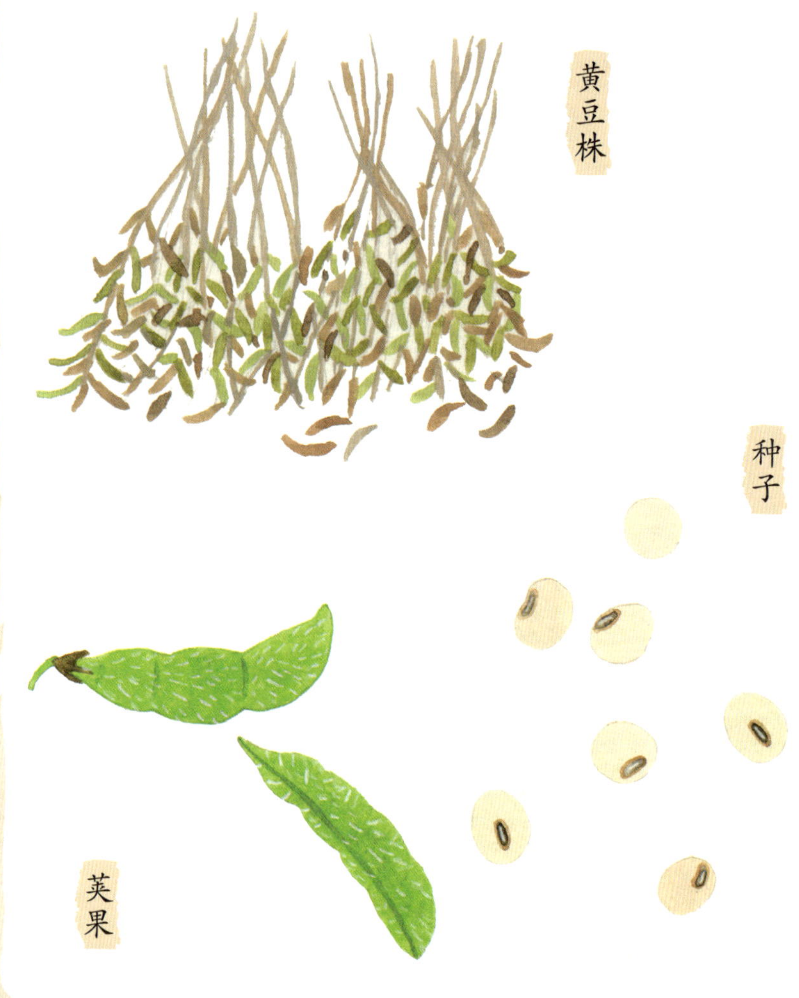

住在哪里？

我原产于中国，在东北、华北、陕、川及长江下游地区均有分布，以长江流域及西南地区栽培较多，以东北大豆品质最优，其中又以黑龙江大豆最为出名。

世界各国栽培的大豆，都是直接或间接从中国传播出去的。

大豆

Glycine max (L.) Merr

又名：毛豆、黄豆、菽等

环境

- 性喜暖，种子在 10~12℃的环境下容易发芽，在低于 14℃的环境中不能开花。
- 种子发芽时需要较多水分，开花期要求土壤含水量在 70%~80%，否则花蕾容易脱落。

用途

- 大豆是摄取植物蛋白质的首选。
- 无脂肪的豆粕是动物饲料中常见的蛋白质来源。
- 未发酵的大豆类制品有豆浆、豆腐等；发酵的大豆制品有酱油、豆瓣酱、纳豆等。
- 可以制成大豆油、豆豉。

16 石竹

天磴扶阶迥，云泉透户飞。
闲花开石竹，幽叶吐蔷薇。

——唐·沈佺期《仙萼池侍宴应制》节录

历史文化

沈佺期是唐代著名诗人，与宋之问齐名，号称“沈宋”。在《仙萼池侍宴应制》中，“应制”就是“应诏”的意思，即奉皇帝的诏命而作的文章。沈佺期是唐高宗和武后时期的宫廷诗人，以写应制诗而闻名，本诗即为沈佺期应皇帝之命而作的诗文。其中的“闲花开石竹，幽叶吐蔷薇”，说明长安城内御花园中种了许多石竹和蔷薇。

石竹花色丰富，有白、红、黄、粉红、紫红、橙红色等颜色，或具有斑纹，可用于花坛、花径、花台或盆栽。石竹既是名花，也是药用植物。《本草备要》有关石竹的记载：“降心火，利小肠，逐膀胱邪热，为治淋要药。”石竹的全草可入药，有清热利尿、破血通经、散瘀消肿之功效。石竹因花色美艳，又有药效，古今庭院多喜栽植。

《全唐诗》中共十九首诗引述了石竹，从诗篇可知，石竹是唐代庭院中的常见花卉。李端《宿荐福寺东池有怀故园因寄元校书》中有“石竹闲开碧，蔷薇暗吐黄”，荐福寺位于长安近郊的小雁塔内，园区内种有蔷薇和石竹等，成为那里重要的景观植物。司空曙在《云阳寺石竹花》中写道“野蝶难争白，庭榴暗让红。谁怜芳最久，春露到秋风”，描绘出佛寺所栽种的石竹花色有白、有红。另外，白居易《牡丹芳》中的“石竹金钱何细碎，芙蓉芍药苦寻常”、杜甫《山寺》中的“麝香眠石竹，鹦鹉啄金桃”等诗句，都提到石竹和牡丹、芍药、荷花（芙蓉）等唐代长安的常见花卉。石竹在当时的花园中成条、成片栽植，作为景观地被植物，也可用于点缀岩石园和草坪边缘。

典故延伸

- 小小生金屋，盈盈在紫微。山花插宝髻，石竹绣罗衣。

——唐·李白《宫中行乐词·其一》

“金屋”引用了汉武帝和陈皇后的故事典故。鲜艳的山花佩戴在头上，身上穿着绣有石竹花图案的丝织衣物。由诗仙的诗句可见，唐代时期就已经使用石竹花图样来装饰丝织品。在此之后，诗人们作诗形容美人，就常用她身上的衣物、装饰品形容比喻。

- 金钱石竹道傍秋，翠带红裙马上讴。无限小儿齐拍手，山公又作习池游。

——宋·苏轼《奉和成伯兼戏禹功》

成伯为苏轼的一个朋友，习池则是湖北的著名景点。诗句描绘出，秋天时石竹盛开，多姿绚丽，小孩天真烂漫，人们欢欣出游的景象。

特征

我是多年生草本，高 30~50 厘米，全株无毛；茎簇生，光滑多分枝；叶对生，叶片呈线状披针形，长 3~5 厘米，宽 0.2~0.4 厘米，顶端渐尖，全缘有细小齿。

我的株型低矮，茎杆似竹，叶丛青翠，花期为5~9月，可从暮春开至仲秋；花单生于枝端，呈圆锥形聚伞状，花梗长1~3厘米。

我的蒴果呈圆筒形，包于宿存萼内，顶端4裂；种子呈宽椭圆形或卵形，边缘生狭刺，黑褐色。

住在哪里？

我主要分布于山东泰山及东北部沿海地区，以及朝鲜北部，主要生长在草原及山坡草地上，也作为观赏植物，由人工在世界各地广泛引种栽培，并已培育出大量栽培种。

花瓣及花萼

石竹

Dianthus chinensis L.

又名：丝叶石竹、大菊、山竹子等

环境

- 耐寒、耐干旱，喜阳光充足、通风良好及凉爽湿润的环境。
- 喜肥沃土质，特别是肥沃、疏松、排水良好及含石灰质的壤土。
- 喜欢生长在草原和山坡草地。

用途

- 石竹已被广泛栽植，并培育出许多品种，是很好的观赏花卉。

17 香蒲

少陵野老吞声哭，春日潜行曲江曲。
江头宫殿锁千门，细柳新蒲为谁绿？

——唐·杜甫《哀江头》节录

历史文化

祖居少陵的野老（杜甫自称）不敢出声地痛哭，春天偷偷地来到曲江边；曲江岸边的宫殿大门闭锁，细细的柳丝和新生的水蒲为谁而绿？意思是说国家破败临亡，连草木都失去了故主。

香蒲为湿生植物，喜生于多水潮湿之地，常生长在沟边、塘边、山谷、溪畔或沼泽地，成片生长，为农村常见的水生植物。香蒲是一种野生蔬菜，其假茎白嫩部分称“蒲笋”；地下匍匐茎尖端的幼嫩部分亦可以食用，腌制后更清爽可口。

《唐书·李密传》记载，隋唐英雄李密儿时家贫，以帮人放牛维生。李密用香蒲叶编成篮子，挂在牛角上，再将《汉书》装在篮内。如此一来，李密骑在牛背上时，就可以一面放牛一面读书。如此苦读，李密最终也有了很大的成就。

随着经济不断发展，环境污染日益严重，工矿废水成了环境污染的主要来源之一，因为香蒲能耐高浓度的重金属，而且它的适应能力强、生长快，对重金属的吸收能力强，可以有效净化城市生活污水及工矿废水中的许多污染物质。所以，香蒲常种植在被工矿废水等污染的环境中，以保护各地湿地的生态系统。古文中，蒲可能也指莎草科的席草或蔗草。

农村聚落、水塘湖泊、沿岸水浅之处，常有成片的香蒲。唐代贯休的《春晚书山家屋壁》中描写村落风光的诗句“水香塘黑蒲森森，鸳鸯鸂鶒如家禽”，第一句中的“蒲”就是香蒲。王建《汴路水驿》中的“晚泊水边驿，柳塘初起风。蛙鸣蒲叶下，鱼入稻花中”，说藏身在香蒲植群中的蛙鸣，活络乡村的静懿。而杜牧《秋浦途中》中的“萧萧山路穷秋雨，淅淅溪风一岸蒲”，也写了溪岸边分布的香蒲。

典故延伸

- 清音迎晓月，愁思立寒蒲。丹顶西施颊，霜毛四皓须。碧云行止躁，白鹭性灵粗。终日无群伴，溪边吊影孤。

——唐·杜牧《鹤》

寒蒲，即为蒲草。诗人从声音、神态、色彩等各方角度，用春秋时期的绝代佳人、汉高祖时期的隐士，来描述卓尔不凡的仙鹤。仙鹤的立体形象跃然纸上，且以鹤自比，表达内心郁郁不得志的惆怅感慨。

成语延伸

- 截蒲为牒

牒，为古代使用来书写的小而薄的竹简或木片等。语出《汉书·路温舒传》，汉朝的路温舒在牧羊时，一边割取蒲草，将其编成蒲简，用来写书；后来比喻人刻苦向学。

- 蒲鞭之政

语出南朝梁·江淹《始安王拜征虏将军南兖州刺史章》中的“臣职右南阳，谢蒲鞭之政”，即“不施用重刑，而仅以香蒲这种柔软不能伤人的草本植物当鞭子，施行责罚以示惩戒”，比喻宽厚仁慈的政治。

特征

我是多年生水生或沼泽草本，高 1.3~2 米；地下茎匍匐于泥中，白色粗壮，有节；叶呈线形，长 40~70 厘米，宽 0.4~0.9 厘米，向顶端渐尖。

我的圆柱形穗状花序，花极小，呈黄褐色，无花被；瘦果呈椭圆形至长椭圆形；果皮具长形褐色斑点；种子褐色，微弯。

植株

住在哪里？

我通常成丛、成片地生长在沟塘浅水处、河边、水稻田、沼泽、海岸湿地中。

香蒲

Typha orientalis C. Presl

又名：水烛、菖蒲、长苞香蒲等

环境

- 喜温暖多湿的气候，越冬期间能耐零下9℃低温，但气温超过35℃时，植株生长缓慢。
- 最适生长水深20~60厘米，也能耐70~80厘米的深水。
- 对土壤要求不高，在黏土和砂壤土上均能生长。

用途

- 常植栽于水池、湖畔，用来构筑水景，也可盆栽。
- 将香蒲与其他水生植物进行搭配设计，能创造出优美的水生自然群落景观。
- 香蒲花粉在中药上称蒲黄，具有活血、止血、利尿通淋等功效。

18 芋

汉女输橦布，巴人讼芋田。
文翁翻教授，不敢倚先贤。

——唐·王维《送梓州李使君》节录

历史文化

这是一首送行诗，描写了四川梓州的风光和民风。“汉女输橦布”说的是当地妇女勤织棉布，“橦”是树棉（灌木状棉花树）；“巴人讼芋田”的“巴”是古国名，故都在今四川重庆，这句指巴人常为种芋的农田事发生讼案；“文翁”指李使君，说他像汉代的文翁一样，给予当地人新知识；且称赞李使君，不因先贤的功绩而有所怠惰。

芋的植株基部形成短缩茎，逐渐累积养分，肥大成肉质球茎，称为“芋头”，此球茎呈球形、卵形、椭圆形或块状；在大洋洲诸岛，如夏威夷、斐济等地是传统的主食。在许多热带地区，芋是当地人的主食，但植物体含硝酸石灰的结晶，会螫口，不可生吃，加热煮熟后，结晶分解便成了可口的食物。

芋原产于中国和马来半岛，中国最早有关芋的可靠文献为汉代司马迁的《史记·项羽本纪》，其中记载“今岁饥民贫，士卒食芋菽”，大意是说荒年期间，兵士以芋和大豆果腹充饥；项羽的根据地在“楚地”，当时应该已经有芋的栽培。

《说文解字》记载：“大叶、实根，骇人，故谓之芋。”当时，中原地区的植物叶片多半长得小，而当中原人第一次见到南方芋的巨大叶子时，不禁惊呼出“吁”！后来，转变成称这种植物为“芋”。

《全唐诗》共有二十六首诗引述了芋，背景大多在华南地区。如元季川《泉上雨后作》中的“养葛为我衣，种芋为我蔬。谁是畹与畦，弥漫连野芜”，诗题中的“泉上”在今福建宁化县；张籍《送闽僧》中的“溪寺黄橙熟，沙田紫芋肥”，说的也是福建沙田的芋头。后来，蜀地四川也广为栽植芋，如卢纶《送盐铁裴判官入蜀》中的“榷商蛮客富，税地芋田肥”。

典故延伸

- 夕雨红榴拆，新秋绿芋肥。饷田桑下憩，旁舍草中归。

——唐·王维《田家》

诗人用“夕雨红榴拆，新秋绿芋肥”，点出当时的时令季节，再度以“诗中有画”的手法，刻画出红榴、绿芋的蓬勃形貌。

- 香似龙涎仍酽白，味如牛乳更全清。莫将北海金齑鲙，轻比东坡芋糁羹。

——宋·苏轼《过子忽出新意，以山芋做玉糁羹，色香味皆奇绝，天上酥酡则不可知，人间绝无此味也》

大文豪苏轼被贬谪到古时的天涯海角——儋州（位于海南岛）。可想而知，当时苏轼的生活相当清苦，他的儿子苏过将当地人赠送的山芋做成一道美食——玉糁羹。困境中的大文豪，依然能以简朴寻常的食物为佳肴，且大大赞赏。他吃得不只是美食，更被爱儿的满满孝心所感动。

特征

我是湿生草本，块茎常呈卵形，常生多数小球茎，均富含淀粉；叶盾状着生，长 20~50 厘米；叶柄长于叶片，呈绿色或淡紫色，长 20~90 厘米。

我的花序佛焰苞长约 20 厘米，下部呈筒状、绿色，上部呈披针形、黄色；花序下方为雌花，上方为雄花。

我的叶子表面有茸毛和超级微小的颗粒，因此水在叶面上不会四处蔓延，而是形成一个个水珠滚来滚去，借此还能够带走叶面的灰尘。

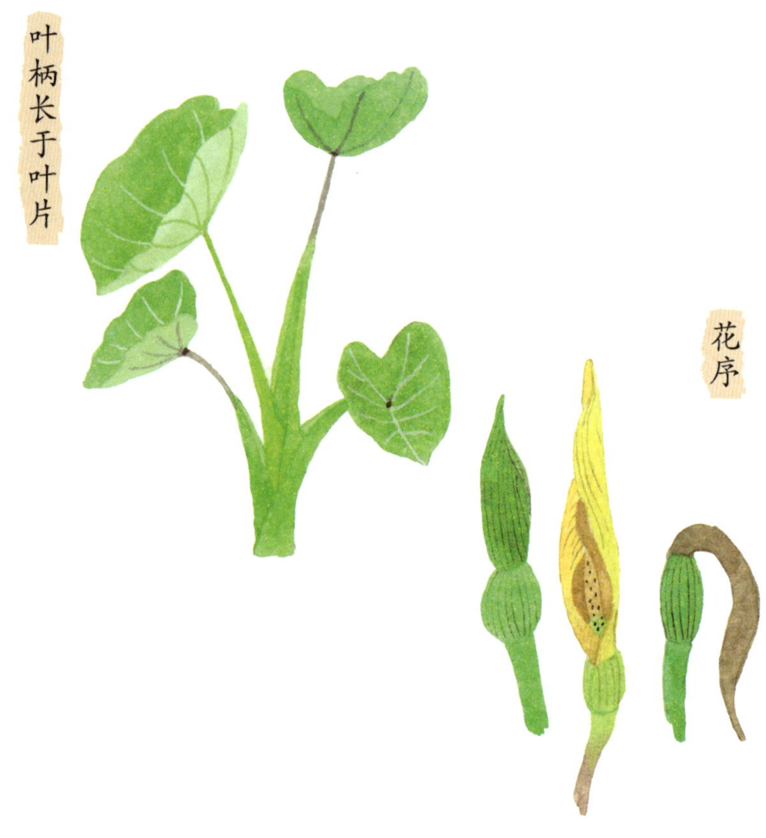

住在哪里？

我原产于中国及马来半岛等地，现被人们广泛栽植。中国长期以来就有栽培，埃及、菲律宾、印度尼西亚、爪哇等热带地区也盛行栽种，甚至将其视为主要食材。由于芋喜高温湿润的环境，栽培习惯愈往南也就愈盛。

芋叶的莲花效应

芋

Colocasia esculenta (L.) Schott

又名：莒、土芝、毛芋、接骨草等

环境

- 植株耐阴湿、瘠肥，水田、旱田、山坡或荒地都可种植；适合在温暖潮湿的地方生长，需要充足的养料、水分和短日照。

用途

- 地下茎俗称芋头，含丰富的淀粉，可做成羹菜，也可代粮或制淀粉。
- 叶片宽大平滑，可用来包裹食物。
- 叶柄可剥皮煮食或晒干贮用。
- 全株为常用的猪饲料。

19 美人蕉

红蕉花样炎方识，瘴水溪边色最深。
叶满丛深殷似火，不唯烧眼更烧心。

——唐·李绅《红蕉花》

历史文化

唐代时的广东、广西等南方地区，都被视为“充满瘴疠”的地方。当时只在南方栽种或分布的植物，在遭到放逐的诗人眼中，都是让人不愉快的事物。李绅的这首《红蕉花》，说美人蕉生长之处为“瘴水溪边”，开的火红花“烧眼更烧心”，让眼睛不舒服，更使心情低沉。

唐宋时的“红蕉”就是今日的“美人蕉”，又名莲蕉、昙华、观音蕉、水蕉、虎头蕉等，原产于印度。可能在汉代，迟至初唐随着传教士被带入中国，在中唐、晚唐的诗中普遍出现。美人蕉枝叶茂盛，叶型大花色艳，花期长，是极佳的观赏植物。自唐代以来，美人蕉就是庭院不可或缺的花卉。美人蕉根芽分生能力强，繁殖快，是良好的地被植物，也可作花坛、花径、花景的材料。

《全唐诗》共有三十一首诗引述了美人蕉，当时皆称“红蕉”，如白居易《东亭闲望》中的“绿桂为佳客，红蕉当美人”；朱庆余《杭州卢录事山亭》中的“解衣临曲榭，隔竹见红蕉”；王建《送郑权尚书南海》劝慰郑权时的“白迭家家织，红蕉处处栽。已将身报国，莫起望乡台”；柳宗元被贬到广西时所写《红蕉》中的“远物世所重，旅人心独伤”，写出旅外的人独自伤心，更是诗人自身体会的写实之作。

典故延伸

- 共寻招隐寺，初识戴颙家；还依旧泉壑，应改昔云霞；绿竹寒天笋，红蕉腊月花；金绳倘留客，为系日光斜。

——唐・骆宾王《陪润州薛司空丹徒桂明府游招隐寺》

诗人陪着润州太守一起寻访戴颙的旧时宅邸。戴颙当初的宅邸，在骆宾王的时代被改建成了招隐寺，环境清幽雅致。“还依旧泉壑，应改昔云霞，绿竹寒天笋，红蕉腊月花”指出，诗人在赞赏美景，感叹物是人非之际，依依不舍离去，恨不得用金绳拉住太阳不让落下，这样便可以多作停留了。

- 红蕉隐隐窗纱，朱帘小小人家，绿柳匆匆去马。断桥西下，满湖烟雨愁花。

——元·张可久《天净沙·湖上送别》

张可久写送别，但不直接抒写离愁，而是将愁怀寄托于景色中。“红蕉隐隐窗纱，朱帘小小人家”描绘出起始为温馨幽静的环境之美。然而，“绿柳匆匆去马”指出突如其来的离别，且离别处在“断桥西下”，更添伤心。“满湖烟雨愁花”，张可久不说自己忧愁，而是移情看见“湖面上细细密密的蒙蒙细雨，笼罩着忧愁而含泪的花”。花与诗人合一，景色于是渲染了依依不舍之离情。

特征

我属于多年生草本，高可达 1~2 米，全株绿色无毛，被蜡质白粉，具块状根茎；地下根茎横卧生长，肉质肥大，富含淀粉；单叶互生，叶特大，长 30~60 厘米，宽 18~25 厘米，呈长椭圆形至卵状长圆形，有明显的叶脉；花呈红色或黄色，每朵花具 1 片长约 1.2 厘米的卵形苞片；绿色蒴果呈卵状长圆形，有软刺，直径 2~3 厘米；种子 5~15 粒，呈黑褐色。

住在哪里？

我原产于印度，中国也已广泛栽植，通常生长在海拔 800 米以下的地区。

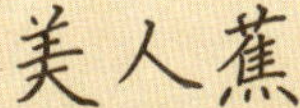

美人蕉

Canna indica L.

又名：莲蕉、昙华、观音蕉、水蕉、虎头蕉等

环境

- 喜温暖湿润的气候，不耐寒，怕强风和霜冻；喜阳光充足、土地肥沃，周年生长开花。
- 生长适应性强，对土壤的要求不高，能耐瘠薄，在肥沃、湿润、排水好的土壤中生长较良好。

用途

- 枝叶茂盛，栽培容易，养护管理较为粗放，经济实用，是绿化、美化、净化环境的理想花卉，适合庭植美化或栽植成篱笆。
- 对二氧化硫、氯化氢及二氧化碳等反应敏感，被称为“监视有害气体污染环境的活监测器”；叶片在受害后能重新长出新叶，可以很快恢复生长。
- 有发达的地下块根，含丰富的淀粉，可供食用。

20 甘蔗

卜得山上卦，归来桑枣下。
吹火向白茅，腰镰映赪蔗。

——唐·温庭筠《烧歌》

历史文化

这首诗描写了南山烧旱田的情景，记录了农民劳动的辛苦，以及善良的农民对生活充满希望。南山的火向山崖烧去，赤色的火焰，烧红了茅草地，照映腰间的镰刀和红甘蔗。

先秦时代文献所说的“柘”就是甘蔗，到了汉代才出现“蔗”字。甘蔗茎以颜色粗略可分成青皮、紫皮两大类；前者外皮呈绿色，为白甘蔗或青甘蔗，也称“竹蔗”，质地粗硬，不适合生吃，含糖量高；后者外皮呈墨红色，为红甘蔗、黑甘蔗，茎肉多汁液，清甜嫩脆，食而不腻。

温庭筠《烧歌》中的“吹火向白茅，腰镰映赪蔗”，其中“赪蔗”指的是表皮稍带红色的紫蔗。紫蔗纤维较少，水分充足，糖分较低，可作为水果食用，称为“果蔗”或“肉蔗”。由吕渭《状江南·仲冬》中的“江南仲冬天，紫蔗节如鞭。海将盐作雪，山用火耕田”可知，唐朝已有紫皮甘蔗。

《全唐诗》共有二十七首诗引述了甘蔗，显示唐代时期已经大量栽植甘蔗。王维《敕赐百官樱桃》中的“芙蓉阙下会千官，紫禁朱樱出上阑。……饱食不须愁内热，大官还有蔗浆寒”，“蔗浆”是甘蔗汁，说明新科进士参加皇帝领衔的寝园春荐，吃完樱桃之后，只有大官才能喝甘蔗汁。杜甫《进艇》中的“南京久客耕南亩，北望伤神坐北窗。昼引老妻乘小艇，晴看稚子浴清江。……茗饮蔗浆携所有，瓷罂无谢玉为缸”，道出诗人出游时，喝茶也喝甘蔗汁。

典故延伸

- 远寄蔗霜知有味，胜於崔浩水精盐。正宗扫地从谁说，我舌犹能及鼻尖。

——宋·黄庭坚《又答寄糖霜颂》

诗人收到朋友寄赠的糖霜，开心得不得了。先赞赏糖霜的美妙滋味和晶莹外观，认为能胜过崔浩获得赏赐的水精盐（为一种岩盐）。诗中的“糖霜”“蔗霜”，即是甘蔗汁经结晶后所得。诗人描述起自己的吃相也相当夸张俏皮，说自己吃起糖霜，那舌头不但可构着鼻尖，而且就像扫地一般，把沾在脸上的糖霜都舔得一干二净，糖霜的美味由此可见。

成语延伸

- 渐入佳境

典故出自南朝宋·刘义庆《世说新语·排调》中的“顾长康啖甘蔗，先食尾。人问所以，云：‘渐至佳境’。”因为甘蔗愈近根部，也就是头部，甜度愈高，所以若从甘蔗较不甜的尾端，往头端吃，愈吃会感觉愈甜。

特征

我属于多年生高大实心草本，高 3~5 米，直径 2~4 厘米，具 20~40 节，下部节间较短而粗大，节间实心；秆呈圆柱形，粗壮多汁，表面常具白粉。

我的叶为互生，边缘具小锐齿状，长可达 1 米，宽 4~6 厘米；圆锥花序，长约 50 厘米，顶生；小穗基部有银色长毛。

住在哪里？

我广泛种植于热带及亚热带地区，是制造蔗糖的原料。全世界有一百多个国家出产甘蔗，种植面积最大的国家是巴西，其次是印度，中国位居第三；种植面积较大的国家，还有古巴、泰国、墨西哥、澳大利亚、美国等。

甘蔗

Saccharum officinarum L.

又名：秀贵甘蔗、糖蔗、拔地拉等

环境

- 为喜温、喜光作物，要求年均空气湿度60%，年降水量800~1200毫米。
- 对土壤的要求不高，以黏壤土、砂壤土为宜。

用途

- 果蔗是专供鲜食的甘蔗，具有易撕、纤维少、糖分适中、茎脆、汁多味美、口感好以及茎粗、节长、茎形美观等特点。
- 糖蔗含糖量较高，是用来制糖的原料，皮硬纤维粗，口感较差。
- 《本草纲目》说：蔗，是脾之果。蔗浆甘寒，能泻火热。

21 兰花

静觉本相厚，动为末所残。
此外有余暇，锄荒出幽兰。

——唐·孟郊《新卜清罗幽居奉献陆大夫》节录

历史文化

孟郊是唐代著名诗人，其现存诗歌有五百多首，以短篇的五言古诗居多，其代表作有《游子吟》等。“锄荒出幽兰”原意为“锄地开荒杂草去除之后，有香气但外形不起眼的幽兰就显现出来了”。诗人以此比喻贤才隐身于民间，得用心寻找才能使他出头。

兰花在中国已经有两千多年的栽培历史。中国传统的兰花，大多指兰属植物，其中许多品种都是名贵花卉。兰花茎叶姿态优美，花朵清雅芳香。中国兰经长期栽培，已发展出春兰、蕙兰、建兰、报岁兰等名贵品种。

孔子称颂“兰”为“王者之香”，周游列国后曾写下一篇《猗兰操》，以自伤生不逢时，感叹世人多处在混沌之中，自己是唯一清醒的，就像杂草堆中独自傲然飘香的兰花。这里的兰花，应该就是兰属植物。战国时楚国大诗人屈原的《离骚》和《九思·悯上》，则提及“幽兰”。

典故延伸

- 有天然，蕙质兰心；美韶容，何啻值千金。

  ——宋·柳永《离别难》

- 金声玉韵，蕙心兰质。

  ——唐·王勃《王子安集·七夕赋》

蕙、兰都是香草名。“蕙质兰心”和“蕙心兰质”都用于赞美人的品行高洁，或是女子的纯洁、高雅。文学中，蕙兰常与白芷合称为“蕙芷”。

特征

我是地生草本，假鳞茎包藏于叶基部的鞘内；叶5~8枚，呈线形，长25~80厘米；边缘通常有粗锯齿；花茎由叶丛基部最外叶腋抽出，长35~50厘米。

我的总状花序有5~11朵花或更多；花色通常为浅黄绿色，花瓣与萼片相似，常略短而宽；长圆状卵形唇瓣有紫红色斑，带香气。

我的蒴果近狭椭圆形，长 5~5.5 厘米，直径约 2 厘米。

住在哪里？

我主要生长在安徽、浙江、江西、福建、湖北、湖南、广东、广西、四川、贵州、云南、台湾，以及陕西、甘肃、河南的南部，西藏的东部。

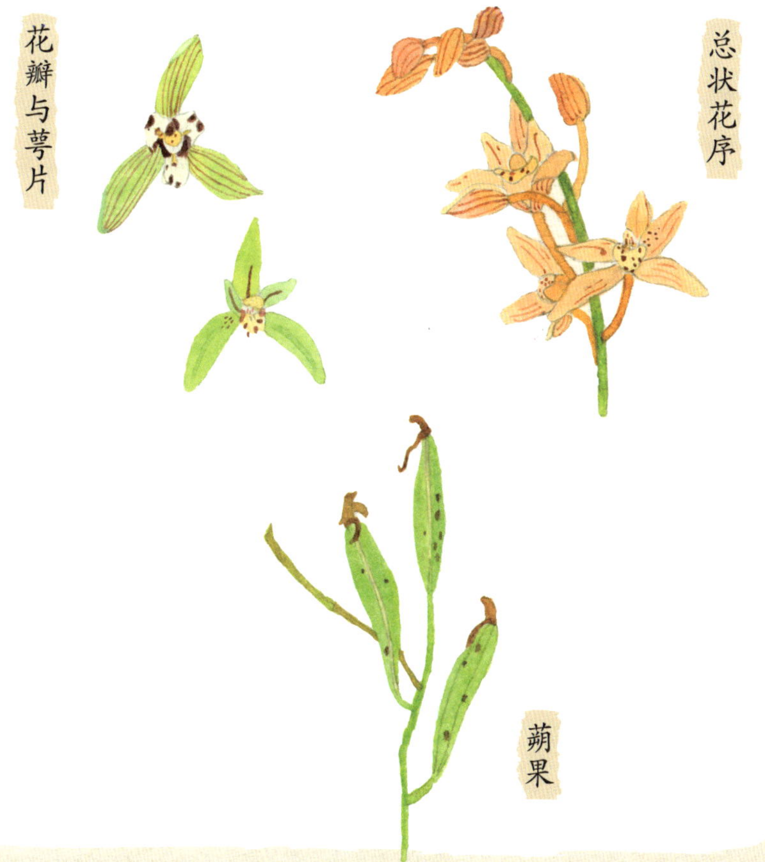

蕙兰

Cymbidium faberi Rolfe

又名：中国兰、九子兰、夏兰、九华兰、一茎九花等

环境

- 为国兰中最耐寒、耐高温的兰花，生长适宜温度为 15~25℃，对空气湿度的要求为 60%~75%，冬季休眠期空气湿度不要低于 50%，生长期湿度保持在 70%~80%。
- 喜欢光照通风，不喜欢阴暗闭塞。

用途

- 蕙兰姿态雄伟，花朵硕大且色彩艳丽，通常栽种成盆栽观赏。
- 适用于室内花架、阳台、窗台摆放；如多株组合成大型盆栽，适合在宾馆、商厦、车站和机场厅堂布置。

22 菱

君到姑苏见，人家尽枕河。
古宫闲地少，水港小桥多。
夜市卖菱藕，春船载绮罗。
遥知未眠月，乡思在渔歌。

——唐·杜荀鹤《送人游吴》

历史文化

这首诗描绘了诗人初到姑苏（苏州）时看到的情景：当地人家的房屋临河建造，古式屋宇相连，没留下多少空地；市区的小河上有很多小桥。夜市上叫卖着菱角、莲藕，河中船上载着精美的丝织品。想到远方的人，月夜上床前，听到江上的渔歌声，会触动思乡的心情。

中国人食用菱角的历史相当悠久。菱在古代是重要的祭品。周代祭祀宗庙，菱不可或缺，就如《周礼》中《天官·笾人篇》所说的“加笾之实，菱芡栗脯”，指出祭祀时用来盛祭品的竹编器具上，有菱角、芡实、板栗、肉干等食物。菱有多种，果有二角的称为“菱”，三角、四角者称为“芰”，都经常出现在古代诗词中。

菱的果实有尖锐的角，俗称“菱角”，曝干剁米为饭、为糕、为粥、为果，皆可代粮；特别是皮嫩而紫色，被称作“浮菱”的种类，味道最好；果实成熟时呈暗红色，因此也称为“红菱”。菱幼嫩时可当水果生食，老熟后可熟食或加工制成菱粉，风干制成风菱可贮藏。菱叶可做青饲料或绿肥，嫩茎可作菜蔬。

典故延伸

- 漾漾泛菱荇，澄澄映葭苇。

——唐·王维《青溪》

- 风波不信菱枝弱，月露水教桂叶香。

——唐·李商隐《无题》

- 芰荷生欲遍，桃李种乃新。

——唐·白居易《武丘寺路》

- 白马湖平秋日光，紫菱如锦彩鸾翔。荡舟游女满中央，采菱不顾马上郎。争多逐胜纷相向，时转兰桡破轻浪。

——唐·刘禹锡《采菱曲》

菱角如锦缎一样飘浮在水中，采菱女子连心上人都顾不上，就争着划向菱角较多的水域。

- 湖上微风入槛凉，翻翻菱荇满回塘……飘然篷艇东归客，尽日相看忆楚乡。

——唐·温庭筠《南湖》

在长安看到有人坐船东归，便想起故乡的菱角。

特征

我是一年生浮水水生草本，根有二型：着泥根细铁丝状，着生水底水中；同化根羽状细裂，裂片丝状。我的叶也有二型：沉水叶，羽状细裂，早落；浮水叶，互生，聚生于主茎或分枝茎的顶端，呈旋迭状镶嵌在水面成莲座状排列。

我的叶片呈菱圆形或三角状菱圆形，长、宽各2~4厘米，表面呈深亮绿色，背面呈灰褐色或绿色。

浮水叶片

我的白色小花单生于叶腋，被淡黄色短毛；果实呈三角状菱形，两侧各有一硬刺状角，紫红色，内有 1 颗白色种子。

花

叶柄有海绵质气囊

果实（菱角）

住在哪里?

我主要分布在温暖地区的大部分水域中，如湖湾、池塘、河湾等；在中国、俄罗斯、日本、朝鲜、印度、巴基斯坦等地均有分布。

植株

菱

Trapa bispinosa Roxb.

又名：风菱、乌菱、菱实、芰实等

环境

- 喜温暖湿润、阳光充足，不耐霜冻。
- 一般栽种于温暖地区的湿泥中，气温最好为25~36℃，水深60厘米以上。

用途

- 菱角含有丰富的蛋白质、不饱和脂肪酸及多种维生素和微量元素。蒸煮后可剥壳食用，也可熬粥。
- 全株可作饲料。
- 果实、根、茎、叶具有各种营养成分和显著的药效，是滋补健身饮料的适宜原料。
- 中医认为，菱角属凉性食物，可以帮助胃肠消毒解热。

23 荇菜

城上春云覆苑墙，江亭晚色静年芳。
林花着雨胭脂湿，水荇牵风翠带长。
龙武新军深驻辇，芙蓉别殿谩焚香。
何时诏此金钱会，暂醉佳人锦瑟旁。

——唐·杜甫《曲江对雨》

历史文化

杜甫的这首《曲江对雨》，描写了曲江春雨。唐时的曲江池，周围岸上建有亭台楼榭，处处宫殿林立、楼阁连绵、花树繁茂，众多诗人曾在这里留下许多脍炙人口的诗句。但安史之乱后，京都残破，曲江的盛况无存，令人嗟叹。

当年玄宗曾率领龙武禁军，自夹城趋芙蓉园。池中荇菜等水生植物繁盛；池岸笳鼓齐鸣，车声雷动，旌旗蔽日。到了此时，虽驰道依旧，但空余废辇、殿门深锁，此刻的曲江却是一派凄凉苦寂。

荇菜就是荇菜，也有人称其为莲叶荇菜、驴蹄莱、水荷叶。储光羲《采莲词》中的“浅渚荇花繁，深潭菱叶疏。独往方自得，耻邀淇上姝”，描述的“荇花”就是荇菜。荇菜在春夏时开黄色花，若生长面积极大，在阳光照射下宛如片片黄金，所以又名“金莲子”。嫩叶柄也是江南名菜之一，“荇菜生水中，叶如青而茎涩，根甚长，江南人多食之”中说的“根”，其实是叶柄。

典故延伸

- 林花着雨胭脂湿，水荇牵风翠带长。

——唐·杜甫《曲江对雨》

诗中的“水荇”即“莕菜”，说明曲江池长有莕菜。

- 声喧乱石中，色静深松里。漾漾泛菱荇，澄澄映葭苇。

——唐·王维《青溪》

长安城近郊水池多，浮生植物莕菜也多，有菱角、芦苇等水生植物。

植株

特征

我是多年生水生草本，茎细长柔软而多分枝，长枝匍匐于水底，短枝从长枝的节处长出；叶漂浮水面近圆形，直径 5~10 厘米，上表面呈绿色，边缘具紫黑色斑块，下表面呈紫色，基部深裂成心形。

我的花数朵聚合成伞形花序，呈金黄色，花冠裂片中间有一明显的皱痕，两侧有毛；蒴果呈卵圆形，长约 2 厘米；种子呈褐色，边缘具纤毛。

住在哪里？

我主要生长在池塘或不太流动的河溪中，分布于中国、俄罗斯、蒙古、朝鲜、日本、伊朗、印度等地区。

荇菜群落

荇菜

Nymphoides peltatum (S. G. Gmel.) Kuntze

又名：莕菜、杏菜、凫葵、水荷叶等

环境

- 生于池沼、湖泊、沟渠、稻田、河流或河口等平稳水域，通常为群生。
- 适合生长在多腐殖质的微酸性至中性的底泥和富营养的水域中。
- 属浅水性植物，经常与轮藻、狐尾藻、金鱼藻、浮萍、紫萍、细绿萍、菱和菖蒲等混生。

用途

- 叶片小巧似睡莲，花朵鲜黄挺出水面，绿中带黄。花朵多、花期长，可作庭院水景点缀。
- 茎叶柔嫩多汁，营养丰富，可食用，是分布广泛的野菜。
- 常当作猪、鸭、鹅的饲料。
- 具备药用价值，有清热解毒、利尿消肿等功效。

24 莲

叶展影翻当砌月，花开香散入帘风。
不如种在天池上，犹胜生于野水中。

——唐·白居易《阶下莲》

历史文化

这首诗是白居易被贬江州时，借莲花感叹自己的身世。全诗大意：随风翻滚的荷叶不断地搅弄投射在水中的月亮倒影，将月光砌成一级级的台阶；莲花的香气随着风从帘中飘到屋里。这些莲花如种在天上的瑶池里，会远胜于生长在地上的寻常水域中！

莲即荷，荷即莲，古称“芙蓉”。早年的文献，如《诗经》中有“彼泽之陂，有蒲菡萏”，称“莲”为“菡萏”；《离骚》中有“制芰荷以为衣兮，集芙蓉以为裳”，称“莲”为“荷”与“芙蓉”；中国古代的百科全书《尔雅》中，则称“莲”为“芙蕖”。

历代诗人的诗中有莲的不同美称。唐诗中有称“荷”者，如孟浩然《夏日南亭怀辛大》中的“荷风送香气，竹露滴清响”；有称“莲”者，如王维《山居秋暝》中的“竹喧归浣女，莲动下渔舟”；也有称“芙蓉”者，如白居易《长恨歌》中的“归来池苑皆依旧，太液芙蓉未央柳”。

历代咏莲的诗词文章很多，其中最有名的应为周敦颐的《爱莲说》。诗中说莲花的可贵处，在于“出淤泥而不染”，象征君子的品德与节操。莲具有丰富的文化内涵，历代文人墨客留下了许多关于莲的诗文和画作。

典故延伸

- 绿塘摇滟接星津，轧轧兰桡入白蘋。应为洛神波上袜，至今莲蕊有香尘。

——唐·温庭筠《莲花》

碧波荡漾的池塘上闪烁着绿光，就像连通了银河。采莲人划着船桨，在长满田字草的水上行进。碧绿的莲叶是洛神的裙摆，莲花上残留的是洛神的香尘。

- 一夜轻风蘋末起，露珠翻尽满池荷。

——唐·王涯《秋思》

这里说的是，大明宫内太液池里种的荷花。

- 紫艳半开篱菊静，红衣落尽渚莲愁。

——唐·赵嘏《长安晚秋》

- 仗引笙歌大宛马，白莲花发照池台

——唐·王昌龄《殿前曲》

以上诗句都说明，长安城处处可见荷花。

特征

我是多年生水生草本，根状茎（藕）肥厚多节，节间膨大，里面有纵行通气孔道，节部缢缩，上生黑色鳞叶，下生须状不定根；花叶由藕节部生出。

我的叶呈盾状圆形，漂浮或高出水面，直径 30~80 厘米，表面呈深绿色，稍带白粉，背面灰绿色叶脉从中央射出；叶柄呈圆柱形，长 1~2 米，中空，外面有刺。

植株

我的花单生，直径 10~20 厘米，常呈粉红色、红色、淡紫色或白色；有单瓣、复瓣、重瓣及重台等花型；花托表面具散生蜂窝状孔洞，长大后成为莲蓬，每一孔洞内生一莲子；莲子呈椭圆形或卵形，长 1.8~2.5 厘米，果皮革质，坚硬，成熟时为黑褐色；种子呈卵形或椭圆形，长 1.2~1.7 厘米，种皮呈红色或白色。

住在哪里？

在东亚、南亚和大洋洲都可以看到我的倩影。在中国，南起海南岛，北至黑龙江的富锦，东临上海，西至天山北端，除西藏自治区和青海省外，大部分地区我都有分布。

我喜欢生活在相对平静稳定的浅水、湖、沼泽地和池塘中。

莲

Nelumbo nucifera Gaertn.

又名：荷、芙蕖、芙蓉等

环境

- 对失水十分敏感，夏季只要缺水3小时，莲叶便会萎靡；若停水一日，则莲叶边焦、花蕾回枯。
- 非常喜光，繁殖期需要全光照的环境；极不耐荫，在半阴处生长就会表现出强烈的趋光性。

用途

- 莲叶可作蒸肉、作粥、作茶的代用品；莲藕可作蔬菜和蜜饯；莲子是滋补营养品；莲叶、莲花、莲蕊等也都是药膳食品。
- 《本草纲目》中记载：莲花能活血止血、清心凉血、解热解毒；莲子能养心、益肾、补脾、涩肠；莲叶能清暑利湿、升阳止血，其中的碱成分对于清洗肠胃，减脂排瘀有奇效；藕节能止血、散瘀、解热毒；莲梗能清热解暑、泻火清心等。

25 松萝

暮从碧山下，山月随人归。
却顾所来径，苍苍横翠微。
相携及田家，童稚开荆扉。
绿竹入幽径，青萝拂行衣。

——唐·李白《下终南山过斛斯山人宿置酒》节录

历史文化

终南山在今西安市南部，唐时士子多隐居于此山。斛斯山人士，指复姓斛斯的一位隐士。本诗大意：傍晚从终南山上走下来，山上的月亮好像随着我走回来似的。回头看看所走的山间小路，看到的是山中一片苍茫青翠。路上遇到斛斯山人，两人便结伴到他家，孩童打开简陋家门出来欢迎。走进竹林穿过幽静小路，青色的松萝轻拂着来客的衣裳。

“女罗”有文献解释为“菟丝”，如三国时陆玑《草木疏》中的“在草曰菟丝，在木曰女罗”；张揖则在公元二二七年前后编写了中国古代百科词典《广雅》，指出“女萝”是“松萝”。所以，《诗经》中的“女萝”，应解释为“松萝”，而非“菟丝”。从《诗经》以后，古代诗词引述松萝的文句很多。

菟丝以吸根深入其他植物体吸收水分和养分，属于寄生植物；而松萝的植物体是藻类和真菌的共生体。藻类有叶绿体，能进行光合作用，而菌丝体能发挥固着及保护作用，并吸收水分。

松萝虽自行制造植物体的养分，但无坚硬的枝干，无法独自挺立在空中，仍需攀附在高大的物体或树干上，以得到足够的阳光照射及吸收空气中的水分。松萝植物体基部固着在树木枝干上，其他部分也仅附着其上，并未吸取树木养分，属于附生植物。

典故延伸

- 茑与女萝，施于松上。

——周·《诗经》《小雅·頍弁》

诗中以松萝附生在松树上比喻女人依附夫婿。

- 被薜荔兮带女萝。

——战国·《楚辞》《九歌·山鬼》

诗中以身披薜荔、腰系松萝的造型，凸显“山鬼”飘忽不定的特征。

- 牵萝补茅屋。

——唐·杜甫《佳人》

取萝藤来补房子，形容生活困难或仅能勉强应付，诗句中的“萝”也是“松萝”。

特征

我是藻类和真菌共生的枝状地衣，通体呈淡灰绿色或黄绿色，常缠绕成团，体长 15~40 厘米；主枝基部直径 0.8~1.5 毫米，向下呈二叉状分枝，至先端渐细。

我的枝表面有明显的环状裂纹，开裂露出具弹性、可拉长的中轴；子囊果呈盘状，褐色，子囊呈棒状，内生 8 个椭圆形子囊孢子。

此外，还有一种长松萝，可能也是古籍中提到的“松萝”。长松萝的植株成丝状分枝，且植物体较长。

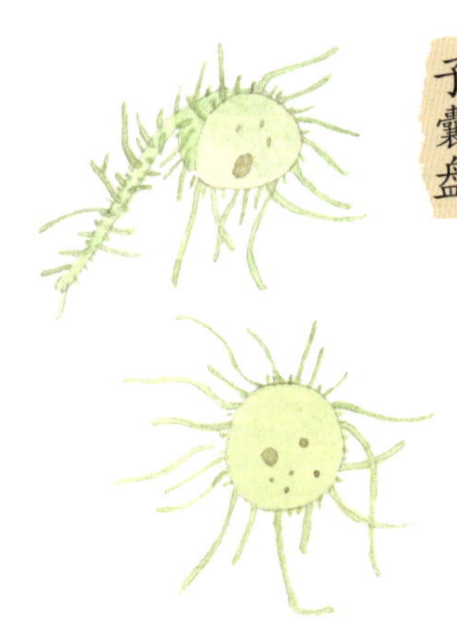

住在哪里？

我主要住在东北地区及山西、内蒙古、陕西、甘肃、安徽、浙江、江西、福建、台湾等地。此外，日本和朝鲜半岛等地也能看见我的身影。

松萝

Usnea diffracta Vain.

又名：松上寄生、青萝、胡须草、龙须草等

环境

- 通常呈悬垂条丝状，附生在阴湿林中的针叶树上，如云杉、冷杉、松树类的树枝上。
- 具有超强的耐寒及耐旱性，但对空气有着严格的要求，对环境的变化较为敏感。

用途

- 只有在空气新鲜的环境中才能安然生长，因此也被称为特殊的“环境污染指标”。